Und als ich von Deutschland nach Deutschland
Gekommen bin in das Exil
Da hat sich für mich geändert
So wenig, ach, und so viel
Ich hab ihn am eigenen Leibe
Gemacht, den brutalen Test:
Freiwillig von Westen nach Osten
– gezwungen von Ost nach West

aufgeschrieben für Eva Ehrlich
zum Dank für Ihre Hilfe
– Hilfe für einen Menschen,
der ~~mir~~ viel hilft.

herzlich, Wolf Biermann

Hamburg, Juli 1983

Verdrehte Welt – das seh' ich gerne

Wolf Biermann

Verdrehte Welt – das seh' ich gerne

Kiepenheuer & Witsch

Einband und Bildredaktion Hannes Jähn, Köln
Die in diesem Buch gezeigten Abbildungen und Vignetten sind von A. R. Penck, José Guadalupe Posada, Grandville und aus einem alten spanischen Bilderbogen
Gesamtherstellung Bercker Graphischer Betrieb, Kevelaer
ISBN 3 462 01518 4 Br.
ISBN 3 462 01545 1 Kart.

1. Kapitel:
Von den Menschen

Auch wer gegen den Strom schwimmt,
schwimmt im Strome.

Manès Sperber

Ich leb mein Leben, sagt Eva-Marie
(Ballade vom wiederholten Abtreiben)
6
Em
Als ich saß in meiner Mutter
Rattengift den Sud von Kippen
C
dunklem Bauch
presste sich
C
sprang sie mit mir Treppen runter,
in den Leib die elend lange
etc.
1. Em
schluckte auch
Wurzel
2.
Wurzel, ich
E7
kreischte und mich hörte
Am
keiner
D
zittrig mit der Fahrrad-
G
Speiche
hat sie nach mir rum-ge-
F
stochert
immer
Em
rein, ins
C7
dunkle
H+
Weiche
etc
Em
Doch ich le-be
Am
noch ich le-be
Em
und so war das

Ich leb mein Leben, sagt Eva-Marie

Ballade vom wiederholten Abtreiben

1
Als ich saß in meiner Mutter
dunklem Bauch
Sprang sie mit mir Treppen runter
schluckte auch

Rattengift, den Sud von Kippen
preßte sich
In den Leib die elend lange
Wurzel. Ich
Kreischte, und mich hörte keiner
Zittrig mit der Fahrradspeiche
Hat sie nach mir rumgestochert
– immer rein! ins Dunkle Weiche

> Doch ich lebe noch, ich lebe
> Und so war das eben
> – is nich traurig, is ja Wahrheit –
> Und ich leb mein Leben

2
Aus dem Dorf in Polen hab'n wir
weggekonnt
Mutter schleppte mich im Schneematsch
durch die Front

Westwärts in den Osten ging's nach
Neuruppin
Russen nahmen alles, gaben
alles hin
Schweiß und Fusel für die Weiber
Für uns Kinder Speck und Brote
Manche Weiber machten's gerne
Manche wehrten sich zu Tode

Doch ich lebe noch, ich lebe
Und so war das eben
– is nich traurig, is ja Wahrheit –
Und ich leb mein Leben

3
Vor dem Brandenburger Tor war
ein Gekreisch
Panzer machten da aus Menschen
Menschenfleisch

Ach, was wußten schon die roten
Fahnen groß
Von dem Rot in meinem Hemde!
Ich war bloß
Jung und gierig nach dem Leben
Als die Panzerketten kreischten
Als sie meinen allerschönsten
Tag im Juni mir zerfleischten

Doch ich lebe noch, ich lebe
Und so war das eben
– is nich traurig, is ja Wahrheit –
Und ich leb mein Leben

4
Ja, ich war ein hübsches Ding und
wußte das
Und das Bonzenleben machte
auch mal Spaß

Wenn ich mit den Schweinen auch im
Bette lag
War ich darum lange noch kein
Schwein. Ich frag
Frag mich bloß: wo kommt das her
Daß das Korn fault, eh' es reift
Daß das Leben fast vorbei ist
Eh' man was begreift

Doch ich lebe noch, ich lebe
Und so war das eben
– is nich traurig, is ja Wahrheit –
Und ich leb mein Leben

5
Doch als ich das Maul aufriß, gleich
war fini!
Spitzel – Ratten – Walkie Talkie –
Hysterie

Und mein Mund ward zugenäht mit
Stacheldraht
Nix vonwegen Arbeiter- und
Bauernstaat!
Und so wurd ich abgetrieben
Meine Landesväter schmissen
Mich und andern Menschenabfall
Ihren Feinden vor die Füße

Doch ich lebe noch, ich lebe
Und so war das eben
– is nich traurig, is ja Wahrheit –
Und ich leb mein Leben

6
Schön ist Hamburg auch im Regen
und ich mag
Nicht zurück woher ich kam, nicht
einen Tag

Langsam seh ich durch und sehe
was hier läuft:
Daß man Kätzchen, die zuviel sind
auch ersäuft
Gute Leute gibt es drüben
– hier hab ich sie auch gefunden.
Und ansonsten: Nirgendwo
Mangelt es an Schweinehunden

Doch ich lebe noch, ich lebe
Und so ist das eben
– is nich traurig, is ja Wahrheit –
Und ich leb mein Leben

Drei Partisanen

mit ich dich tö-ten kann da-mit ich dich tö-ten kann
...Drei Nur als ich mit dir jetzt zu
hause beim Griechen viel und
fett da träumt ich her-nach so
blü-tig im Ham-bur-ger Fe-der
bett
Wiederholung Takt 15. bis 22.

Drei Partisanen

Im Bürgerkrieg nach dem Kriege
Und das war in Griechenland
Im Pelion-Gebirge
Da standen sie an der Wand
Vor einem Geräteschuppen
Ein Feigenbaum nebenan
Drei Partisanen, gefesselt
Ein Mädchen, ein Junge, ein Mann

Wir haben heut keine Eile
Sagte der Offizier
Ihr könnt Euch noch was wünschen
Bevor ich euch exekutier
Das Mädchen weinte und sagte:
Ich will nichts, du Hampelmann
Ich will nur noch weiterleben
Damit ich dich töten kann

Der Junge biß sich 'ne Feige
Vom Baum, die war noch nicht süß
Und spuckte die bittre Schale
Den Soldaten vor die Füß
Der Dritte lächelte traurig
Ich bin ja zum Tod bereit
Ich will nur, wenn ich tot bin
Daß ihr mein' Sack abschneid't

Doch tut mir nicht weh, wenn ich tot bin
Und schneidet ihn ab ganz sacht
Ich will, daß der, der mich umbringt
Ein' Tabaksbeutel draus macht
Daraus soll er so lange rauchen
Bis er begreift, der Rekrut
Was er mir heute getan hat
Und was man mit ihm hier tut.

Sie schnitten dem Mann den Sack ab
Noch vor der Exekution
Und warfen das Zeug zum Fraß hin
Den Hühnern, die warteten schon.
Ich saß in Athen mit Genossen
Aß Feigen, trank harzigen Wein
Bei Lammfleisch und bei Zaziki
Vergaß ich bald diese Drei.

Nur als ich mit dir jetzt zu Hause
Beim Griechen aß, viel und fett
– da träumt ich hernach so blutig
Im Hamburger Federbett.

Von den Menschen

Von den Menschen

krieg raus, wer du bist! und
schnüffel nicht Gott hinterher!
denn das, was die Menschheit ist
begreifst du am besten an dir.

1
Ich taumel, wie du, auf dem schmalen Grat
Bin ganz – und vom Zweifel zerrissen
Denn wo wir glänzen, da sind wir fad

Sind albern in all unserm Wissen
Und wo wir groß sind, sind wir grob:
Ein Kuß mit dem Vorschlaghammer
Ein Streicheln mit der Forke
Im Lieben blöd, im Hassen öd
Verklemmt zwischen Baum und Borke

2
Gezottelt zwischen Gejammer und Spott
Wir schwanken beim Tun wie beim Lassen
Und wissen nicht: Bin ich Tier oder Gott
– Gott oder Tier –
Ein Raubtier, das betet, ein Gott, der beißt
Was ist denn im Menschen der Mensch?
Was man wohl menschlich heißt
Das faule Fleisch, der laue Geist
Das ist im Menschen der Mensch

3
Das große wie das kleine Licht
Geborn, um zu krepieren
Erleuchtet sind sie beide nicht
Wir grübeln, um zu irren
Und auch in deiner Brust verwirrn
Sich Leidenschaft und Verstand:
Der Mensch weiß das, was er glaubt!
Er täuscht. Er wird ent-täuscht. Und was
An Täuschung er braucht, grad das
Wird ihm geraubt

4
Du auch, ich auch. So sind wir gemacht
Wir rutschen ab in den Aufstieg
Die Weisheit lächelt, die Dummheit lacht
Und wenn er auch mal was rauskriegt
– der Mensch tappt rum im Erdenrund
Ist Herr über alle Dinge hier
(und vorzüglich in der Meute)

Gewappnet gegen Gott und Tier
Nur seinesgleichen ist der Mensch
So leichte Beute

(frei nach Alexander Pope,
er schrieb 1732 in seinem
Essay on man:

»Know then thyself, presume not God to scan;
The proper study of mankind is man.«)

Robert, mein Lieber
Robert, mein Lieber vom an-de-ren Ende der Welt
möcht ich dir ra-ten
weiter zu streiten
weiter zu streiten und
weiß doch es ist ge-fähr-lich
leicht, mit eines andern
Mannes Arsch durchs Feuer
reiten
2. Strophe ad libitum
Ich sitz nun hier drüben auf
andere Art nicht sicher und möcht dir raten lenk ein! halt auf, mensch!
lenk ein, halt auf, mensch! Und bin fast gestorben hier an meiner Neuge-
bier und weiß ja leider wie ich weiß: Durchs Feuer führt keine... durchs Feuer führt keine Furt

Kleines Lied für R. H.

1. Robert, mein Lieber
vom anderen Ende der Welt
möcht ich Dir raten
weiter zu streiten
        weiter zu streiten
Und weiß doch:
Es ist gefährlich leicht
mit eines andern Mannes Arsch
durchs Feuer reiten

2. Ich sitz nun hier drüben
– auf andere Art nicht sicher
und möchte dir raten
lenk ein! halt auf, Mensch!
        lenk ein, halt auf, Mensch
Und bin fast gestorben hier
an meiner Neugeburt
und weiß ja leider was ich weiß:
Durchs Feuer führt keine Furt

Mit der Bahn fahren

Das Zugabteil ist ein Fernsehapparat auf Schienen. Ein Heimatfilm wird gesendet, deutsche Landschaften ohne Kommentar. Die Bilder bewegen sich in der Glotze, die Glotze bewegt sich in den Bildern. Und ich, der Glotzer, sitze im Apparat drinne und lausche auf das eiserne Bandrauschen, die Gleise das Tonband, eine schön verkehrte Welt. Gegen Fulda sehen die Berge aus wie im Thüringer Wald. Deutschland Deutschland. 1. Klasse, 2. Klasse. Hoffentlich erwischt mich keiner aus der Zweiten. Das Abteil bleibt schön leer mit mir, und ich bin müde, müd die ewigen Gespräche über Wolf Biermann, zu müde für die endgültige Lösung sämtlicher Menschheitsfragen. Und soll heute abend im Konzert frisch sein, sonst legt mir das Publikum gleich die Müdigkeit aus als Müdigkeit. Robert ist tot. Seine Seelenfröhlichkeit muß ich nun aber lernen. Robert, der sehr lebendige Tote, man muß also nicht nur Gutes über ihn sagen. Ich kannte niemanden mit so greulicher Selbstliebe und niemanden, der solche Selbstliebe so glücklich und tapfer anketten konnte an seine Menschenliebe. Die Liebe ist eine Produktion, sagte Brecht. Bei Robert war auch die Selbstliebe eine gute politische »Produktion«. Wenn einer sich so radikal und in jedem Moment fühlt, auch als ein gesellschaftliches Wesen, dann gelingt ihm die Quadratur des Kreises: er gibt seinem Affen Zucker und den Menschen Brot. Jeden Morgen, den er aufwachte, beglückwünschte er die Menschheit dazu, daß es ihn gibt. Und er hatte recht damit. Die lumpenhafte Bescheidenheit, diese verlogene Tugend der stalinistischen Kader war ihm wesensfremd. Aber erklär das mal all den triefenden Linken, die wie das Leiden Jesu zu Pferde durch die Bundesrepublik reiten. Der Zug fliegt durch Bebra. Die DDR riecht herüber, stinkt, duftet. Heute abend singe ich in Nancy das neue Lied »Bei Flut drückt die See den Fluß in das Land . . .« Heraklit scheinbar aus den Angeln gehoben. Man kann also doch zweimal in denselben Fluß steigen: dann, wenn er, bei Ebbe, wieder zurückkommt und wieder vorwärtsfließt. *Dialektik ohne Dogma* – Roberts bestes Buch. Die Dialektik auch noch dialektisch betreiben! damit sie nicht verkommt zur windigen wendigen Rechtfertigungs- und Herausredekunst.

Foto: Katja Havemann

Nach fünf Jahren durften sich Robert Havemann und Wolf Biermann wiedersehen

Biermann in Ostberlin – bei Havemann

SED-Chef Erich Honecker machte es möglich. Vom 4. bis 7. April durfte der 1976 aus der DDR ausgebürgerte Liedermacher Wolf Biermann seinen krebskranken Freund Robert Havemann in Ostberlin besuchen. Die Bedingung des Parteivorsitzenden: Biermann mußte versprechen, über den Besuch Stillschweigen zu bewahren und keinen anderen seiner alten Bekannten in der DDR zu treffen. Biermann hielt sich an die Abmachung. Mitarbeiter des Staatssicherheitsdienstes nahmen den ungeliebten Polit-Sänger am S-Bahnhof Friedrichstraße in Empfang, begleiteten ihn zu Havemanns Haus im Stadtteil Grünheide und ließen ihn erst wieder beim Grenzübergang aus den Augen. Die Geste Erich Honeckers hatte einen besonderen Grund: Der Staatsratsvorsitzende und der 72jährige Regimekritiker Havemann waren während der Nazizeit gemeinsam im Zuchthaus Brandenburg-Görden eingesperrt.

diese woc

Ähnlich wie in de
publik begann ei
gierung geste
gegen die
densbewe
nannte
heuchle
tralorgan
zeichnete
den ohne
„angesicht
Absichten
als eine sel
sion". In d
rerzeitun
sich der S
Tilgner f
und geg
„Verwand
‚Frieden s
nicht wie
Magiern
tion de
realen,
bewaffn
sen?"
Verte
mann e
der Vol
dung
Wehr
bend
scha
gen
richt
gne
Volk
muß
der
sein!
Gl
mit
gend
her
ren"

Grünheide, kein Wort

schon gut! kein Wort über den Freund
auf dem Sterbebett. Schnauze, Biermann!
Aber von den Bäumen werd ich doch reden
dürfen: abwärts zum See gegen Süden
hinterm Haus diese beiden gewaltigen
Lindenbäume, zwei alte Bekannte traf ich

– der eine steht wie seit ewig, der
andere liegt wie seit damals, als ihn
der Herbststurm umlegte übers Ufer hin.
Eine tiefe Grube ins Erdreich war auf-
gerissen vom zerfetzten Wurzelgeflecht
tonnenschwer, Erdmassen himmelhoch, nun
hat der Regen seine Arbeit gemacht, die
Erdklumpen ausgewaschen aus den Strünken
und in Sommern viel Wind, der leckte Sand
aus dem Holz, abgerissen starrn nun die
Wurzelstümpfe entblößt und mit dramatischer
Gebärde, so albern, so sinnig beziehungs-
reich spreizt sich da tiefsinnig platt
das Holz in den Himmel über einer Mutter
Erde, und Antäus hat wieder die Mutter
berührt und es wuchsen ihm neu die Ängste.
Oben aber im abgeschotteten Sterbezimmer
der Freund, und am Kopfende kauert ein Tod
in blauer Verkleidung: die Stahlflasche
mit dem Sauerstoff. Zu lange hatten wir
nicht gesprochen, und jetzt sprachen wir
gleich zu lange, zu heftig, ach, die
Puste! kein Wort! schon gut, kein Wort
Was sind das für Zeiten, da ein Gespräch
über Menschen fast ein Verbrechen ist
aber von den Bäumen, nicht wahr, Genosse
Honecker, von den Bäumen werde ich reden.

Gut so

die alten Feinde und
vertrauter fand ich sie wieder
ach, als die Freunde.

konnte ich schön das Allernächste sehn: der Freund wird beerdigt. Dabeisein ist alles. Seine kleine Tochter Eins-Zwei-Drei-Saurer-Hering! – und dann an der Grube Roberts greiser Vater. Erde auf den Sohn gebröselt. Der Vater hat gesünder gelebt als sein Sohn: Nazi in der Nazizeit und schwupp! 1946 Es-e-dist in der SED-Zeit. Langsam begreife ich den Sinn des unsinnigen Bibelwortes vom Verflucht-Sein-bis-ins-soundsovielte-Glied. Wehe denen, die sich von Vater und Mutter lossagen müssen, die ihre Eltern hassen müssen aus Liebe zur Menschheit. Wer das Entree-Billett in die Gattung Mensch so teuer bezahlen muß, lebt über seine Verhältnisse: er erkauft sich den Eintritt in die menschlichere Menschheit mit seinem Ausschluß aus eben dieser Menschheit. Langsam begreife ich, warum Robert sich so hartnäckig geweigert hat, seinen verdorbenen Vater aus der Menschheit zu exkommunizieren. Er hat den Teufelskreis mit der Brachialgewalt der Liebe durchbrochen, und so blieb er nicht verflucht und nicht verdammt bis ins wievielte Glied. Und so hat seine kleine Tochter Eins-Zwei-Drei-Saurer-Hering gut lachen.

Zeichnung von Penck

ach aus Dresden, meines Freundes
irre Krakelzeichnung. Soll ich nun
Rätsel lösen? Seht
den Bösen! seht den Guten: ja, er
nennt den Bösen böse
und das macht den Bösen böse
seht: der Gute ist im Grunde
böse, denn er macht den Bösen böse.
sind die Mörder nun die Opfer?
gibt es nicht mehr falsch und richtig?
Wahrheit – Lüge? oben – unten?
sollen wir die Feigheit wagen?
soll ich Nein und Amen sagen?
ist vor lauter Kompliziertheit
jedes klare Wort gevierteilt?
sind noch Mörder Mörder?
sind die Steine Steine?
Ratten Ratten? Deutsche Deutsche?
Wein' ich, wenn ich weine?

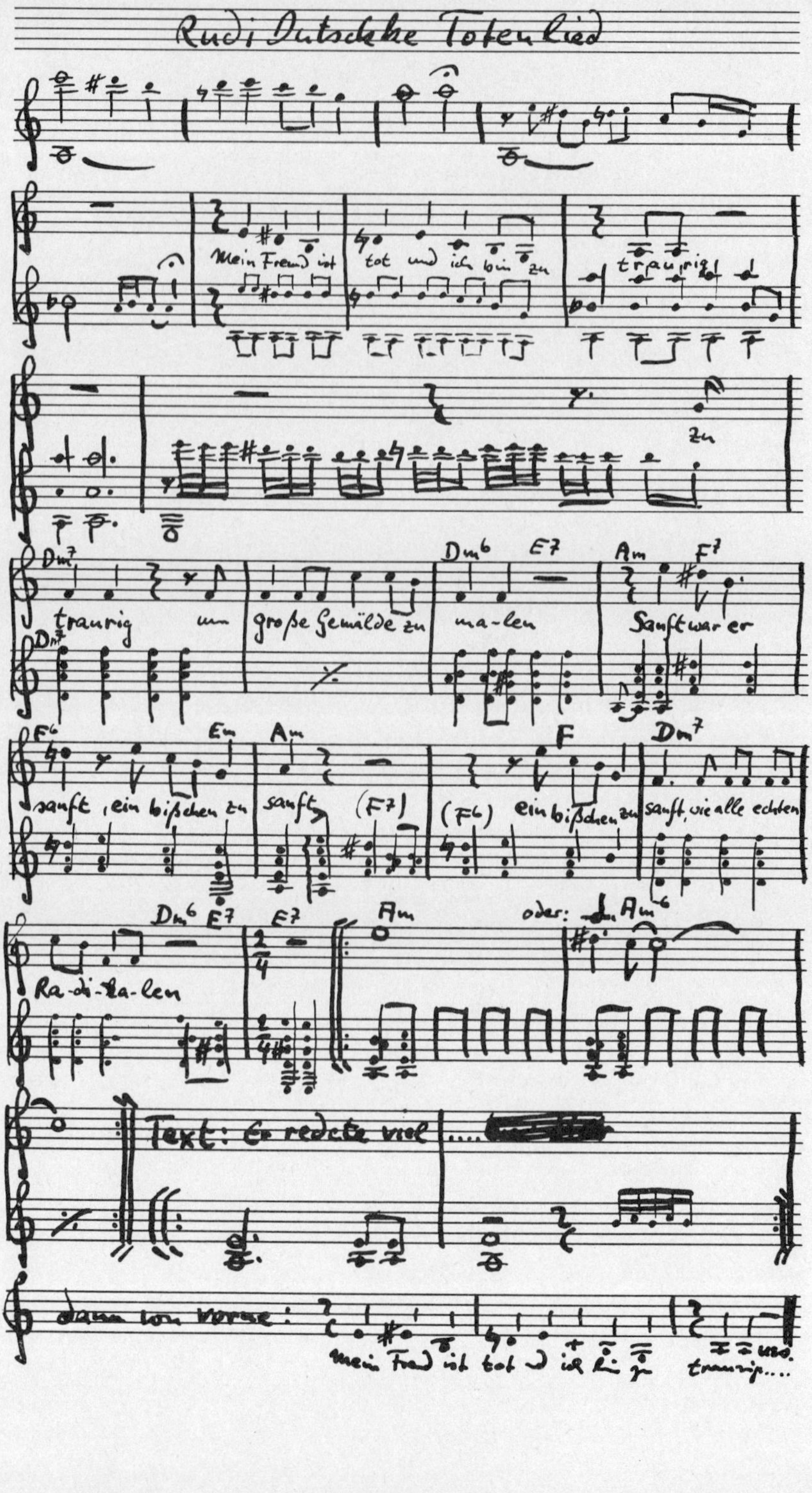
Rudi Dutschke Totenlied
Mein Freund ist tot und ich bin zu traurig
zu
Dm7
traurig um große Gemälde zu malen
Dm6 E7 Am E7
Sanft war er
F6 Em Am F Dm7
sanft, ein bißchen zu sanft (F7) (F6) ein bißchen zu sanft, wie alle echten
Dm6 E7 E7 Am oder: Am6
Ra-di-ka-len
2/4
Text: Er redete viel .... [redacted]
dann von vorne:
usw.

Rudi Dutschke Totenlied

Mein Freund ist tot, und ich bin zu traurig
um große Gemälde zu malen.
Sanft war er, sanft, ein bißchen zu sanft
wie alle echten Radikalen.

Er redete viel, und er hörte auch zu
und er hatte ein offnes Gesicht.
Er wurde geliebt, er wurde gehaßt
und das hielt ihn im Gleichgewicht.

Das war eine offene Zeit! das war
im Achtundsechziger Jahr
da fing alles an mit Vietnam
und mit dem Mörder, dem Schah.

Und das kranke Westberlin, es hing
wie eh und je am Tropf
– da schoß einer mit einem alten Colt
Drei Kugeln in Rudis Kopf.

Wir haben es nicht vergessen, wer
die wahren Mörder sind!
Es war nicht der Mann mit dem Ballermann,
dieses irre gemachte Kind.

Und Rudi lag da in seinem Blut
auf offner Straße erschossen.
Der Tod ließ sich Zeit, 11 Jahre lang
hat er gewartet. Ach! Possen,

todtraurige Possen treibt das Leben
mit den Toten auf Urlaub.
Wie schade!
Wie fad!
Jetzt solln wir wohl denken, der starb im Bett.
Jetzt solln wir wohl denken, der starb im Bad
und nicht auf der Barrikade.

Mein Freund ist tot, und ich bin zu traurig
um große Gemälde zu malen.
Sanft war er. Sanft. Ein bißchen zu sanft
wie alle echten Radikalen.

Der Alte von Blohm & Voß

auffer Werft macht Arbeit Spaß
– jedenfalls mehr, als den Tach
anne Maschine stehn
inner Fabrik
auffer Werft macht Arbeit Spaß
– sagt der Alte und lacht

immer is mal kleine Pause
Zeit für 'n Spielchen Schiffsbau-Schach
da mach ich mit Kreide 9 mal 9
Felder auffe Bordwand
immer is mal kleine Pause
– sagt der Alte und lacht

und immer anne frische Luft
und schön sind die langen Wege
nach Material. Und 'n Schnack:
zu warm! zu kalt! schön warm! schön kalt!
immer anne frische Luft
– sagt der Alte und lacht

hart wird das für die Jungen
wenn Blohm & Voß mal dicht macht.
Ich bin da von ab. Ich geh in Rente
ich mach sowieso bald schlapp
hart wird das nur für die Jungen
– sagt der Alte und lacht

Arbeitslos (Schöner Mai in Duisburg)
Frau und Kin-der al-les
Kaffee in die Thermos
schläft noch
fla-sche
früh, zu der ge-
und dann los im
wohn-ten Stun-de
Morgen-grauen aber
nicht zur Schicht, von we-gen, von der
Wiege bis zur Bahre, schnell den
Tauben Futter geben, dann Stütz
Auto und dann parken und dann
schlendern durch die Vorstadt, rüber
zu den grünen Rändern – ar-
– – beitslos ar-beits, arbeitslos, das
ist das Wahre arbeitslos, das
ist das Le- – – – ben

Arbeitslos – Schöner Mai in Duisburg

arbeitslos – das ist das Wahre
arbeitslos – das ist das Leben
frei sein! high sein!
einfach mal sich hinzugeben
an den Mai

Frau und Kinder, alles schläft noch
Früh zu der gewohnten Stunde
Kaffee in die Thermosflasche
Und dann los im Morgengrauen
Aber nicht zur Schicht, vonwegen!
Von der Wiege bis zur Bahre
Schnell den Tauben Futter geben
Dann Stück Auto und dann parken
Und dann schlendern durch die Vorstadt
Rüber zu den grünen Rändern
arbeitslos – das ist das Wahre
arbeitslos – das ist das Leben

Groß im Osten steigt die Sonne
Rot im Wald am Rand der Halde
Und die Sonne steigt sich kleiner
Gegen Mittag sticht das Licht schon
Und ich hau mich in den Schatten
Satt im satten Moos gebettet
Seh im Himmel Störche schweben
Weiß mit Rosa sind die Apfel-
Bäume, wenn die Blüten beben
Und die Kirschen blühn knallweiß
        arbeitslos – das ist das Wahre
        arbeitslos – das ist das Leben

Und der Horizont raucht Pfeife
Da! das Stahlwerk, da! die Schlote
MANNESMANN und das ist THYSSEN
Wo die andern jetzt malochen
Mit Kantinenfraß und Stechuhr
Eisen kochen, Eisen gießen
Um mich rum die Bienen nippen
An den fetten Wiesenblumen
Sachte kippt die Sonne tiefer
Mücken in den Spinnenweben
        arbeitslos – das ist das Wahre
        arbeitslos – das ist das Leben

Ja, das ist das Leben. Aber
Nur an diesem blauen Maitag
Bloß nicht an den Winter denken!
Bloß nicht denken! nicht an morgen
An die Frau nicht, an die Kinder
An mich selber – bloß nicht denken!
Aber jetzt und hier und ohne
Arbeit, Mann, das ist das wahre
Mensch! das ist das schöne Leben
        arbeitslos – das ist das Wahre
        arbeitslos – das ist das Leben
        frei sein! high sein!
        einfach mal sich hinzugeben
        an den Mai

Streik bei Thyssen

Streik bei Thyssen

In Duisburg war der Ofen aus
Der ganz große Ofen bei THYSSEN
Die Stahlarbeiter haben da
Sechs Wochen streiken müssen
Um mehr Lohn ging es, und es ging
Um weniger Maloche –
dann wär auch Arbeit für alle da:
35-Stunden-Woche!

Die Hochöfen stehn kalt im Wind
Die Kokerein stehn stille
Nichts brennt, nichts stinkt, das war eine
Gespenstische Idylle
Kein Qualm, kein Ruß, kein Staub, kein Krach
Der ganze Dreck war fort
Auf einmal sah der Kohlenpott
Aus wie ein Luftkurort

Doch diese Umweltfreundlichkeit
Sie blühte überm Schrecken –
Ein Streik, mein lieber Umweltfreund
Ist ja kein Honiglecken
Die Arbeiter warn ausgesperrt
Streikposten vor dem Haupttor
Die sagten zum Betriebsrat: Du
Das stell dir überhaupt vor:

Wir friern uns hier noch einen ab
Beim Warten und Beraten –
Herr Thyssen sitzt inzwischen warm
Zuhaus beim Weihnachtsbraten!
So standen sie in der Heiligen Nacht
Und sahen wenig Sonne
Und wärmten sich die Finger an
Der alten durchlöcherten Tonne
Es glühte der Koks. Und als die Fraun
Noch Punsch und Kuchen brachten
Da sangen sie Oh-Tan-ne-baum!
Und fluchten und tranken und lachten

Gräber

Auf Kreta fand ich ein' Friedhof
Für Führer und Vaterland
Da schlafen viel deutsche Soldaten
Im Hügel am Straßenrand
Und über ihnen wuchert
Der gelbe Rosinenwein
Zu süß! der Wein für Rosinen
Den stopfte ich in mich rein

Und auf Formentera da wohnen
Die Toten bequem direkt
Am großen Auto-Friedhof
Das hat mich ein bißchen geschreckt
Wie Krieger mit ihren Waffen
So liegen die Toten bereit
Mit ausgeschlachteten Autos
Zur Fahrt in die Ewigkeit

Wo immer ich Menschen suche
Besuch ich auch Gräber gern
In Barcelona, da hausen
Die Toten supermodern
Sie liegen in Mietskasernen
Aus Steinschachteln ist das Haus
Und starren, wie früher ins Fernsehn
Nun auf das Meer hinaus

In Moskau der Nonnenfriedhof
Da liegen mit Bildchen und Stein
Die Mörder und ihre Opfer
Sie liegen Gebein an Gebein
Und fluchen und wimmern und stoßen
Und kratzen einander wund
Und schrein mit blutiger Erde
Im aufgerißnen Mund

So graste ich manches Grab ab
Fraß Blumen verwelkt in mich rein
Und lud mir auf die Seele

In Prag einen Juden-Stein
Die Toten leben ganz eigen
Sie reden so still und klar
Sogar ihre Lebenslügen
Werden im Schweigen wahr

Ich weiß es, die Toten leben
Und wolln, daß sie einer besucht
Wer kalt an den Kalten vorbeigeht
Der wird verhext und verflucht
– ich nicht! meines Vaters Grabstein
Steht überall. Ich brauch
Sein Grab nicht lange suchen
Es ist so leicht zu finden
Dort, wo ein Schornstein raucht

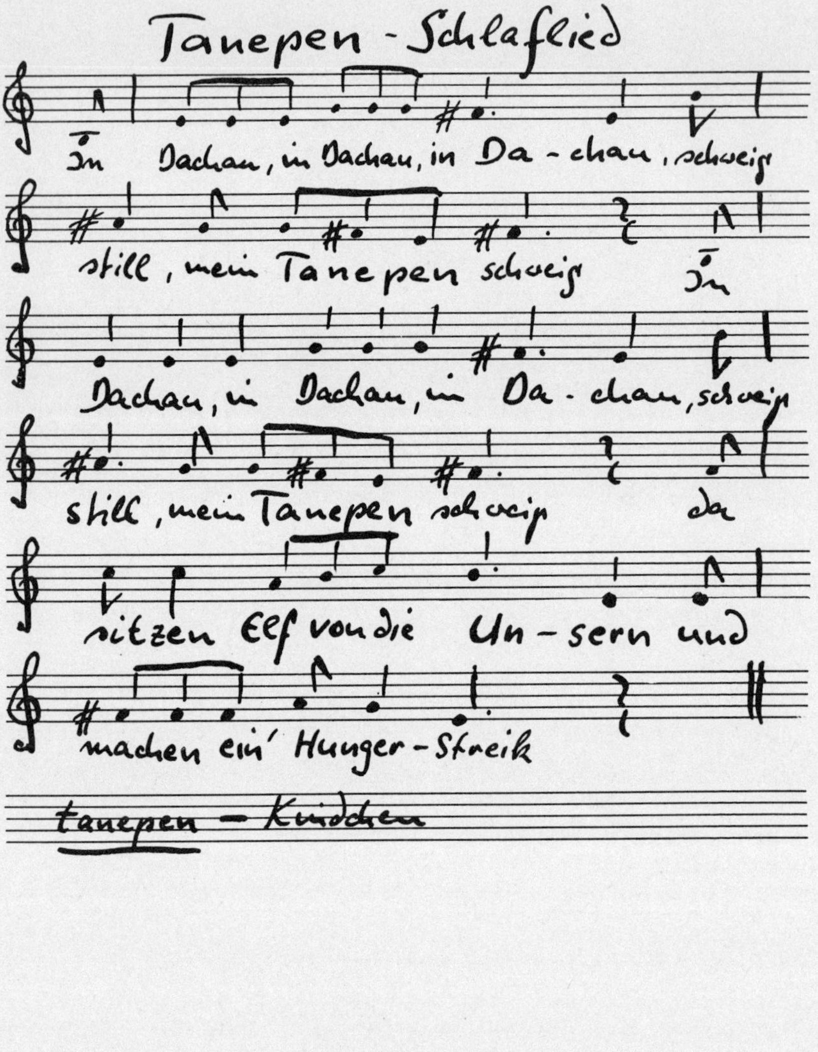
Tanepen-Schlaflied
In Dachau, in Dachau, in Da-chau, schweig
still, mein Tanepen schweig In
Dachau, in Dachau, in Da-chau, schweig
still, mein Tanepen schweig da
sitzen Elf von die Un-sern und
machen ein' Hunger-Streik
tanepen – Kindchen

Zigeuner beim Appell im KZ Dachau.

Schlaflied für Tanepen*)

In Dachau, in Dachau, in Dachau
Schweig still, mein Tanepen, schweig
Da sitzen Elf von die Unsern
Und machen ein' Hungerstreik

In Dachau die toten Zigeuner
Die liegen im Massengrab
Und quäln sich mit die Gedanken
An uns, die noch leben, ab

*) tanepen – in der Sprache der Sinti: Kind, Kindchen (zärtlich)

Die Toten können nicht schlafen
Tief unter der Erd ein Geschrei
Das kommt, weil die Mörder hier oben
So lustig leben und frei

Das soll jetzt anders werden
Mit meine Geduld is vorbei
Wir haben genug geschwiegen
Und jetzt machen wir Geschrei

Denn wir sind übrig geblieben
Von damals bloß ein Rest
Sie hassen uns noch immer
Und schlimmer wie die Pest

Wir wolln keine goldenen Berge
Das is nich worum wir schrein
Wir wollen auch keine Almosen
Wir wolln ja bloß Menschen sein

Ja, wenn wir uns endlich wehren
Und bleiben nicht kreuzbrav
Dann kommen unsere Toten
In Dachau endlich in Schlaf

In Dachau, in Dachau, in Dachau
Schweig still, mein Tanepen, schweig
Da sitzen Elf von die Unsern
Und machen ein' Hungerstreik

Vergasen I

Im Juli 1980 wagten es etliche Zigeuner, mit ihren Wohnwagen in Stuttgart auf dem Cannstädter Wasen zu kampieren. Als sie von schwerbewaffneter Polizei vertrieben wurden, trat ein Zigeuner vor die Front der Polizisten und schrie: Wo ist da der Unterschied zu Auschwitz?! Einer der Beamten antwortete ihm: Heut könnt ihr euch die Gas-Sorte aussuchen.

Vergasen II

Die Nazis ermordeten eine halbe Million Zigeuner. In der DDR leben heute noch ganze 100 bis 200 Zigeuner. Einige von diesem Rest kannte ich. Auch eine Frau und ihre erwachsene Tochter. Wir saßen zusammen und sprachen über das Zigeunerlager in Marzahn bei Berlin. Von dort aus hatte man die alte Frau nach Auschwitz gebracht. Mein Freund fragte sie: Habt ihr Angst, daß das alles mal wieder so schlimm kommen kann? Sie antwortete: Nein, jetzt haben wir doch Gas – damals hatten wir doch kein Gas in der Wohnung.

Nach Auschwitz

Nach Auschwitz ein Gedicht
zu schreiben, ist barbarisch.
Adorno (1951)

Das Miserere ist vorbei,
Die Sterbeglocken schweigen.
Heine (1844)

Ja, es ist keiner da, der den Toten noch
Mit Totenfeiern groß Ruhe schafft.
Die Sterbeglocken, mein toter Freund,
Es stimmt: sie schweigen, schon lange.
Doch sie schweigen aus anderem Grund:
Es stirbt sich inzwischen so massenhaft,
Wir verrecken so unter dem Hund
Und sind an uns selbst so verdorben
– und darum läuten die Glocken nicht mehr:
Es wird ja zu viel gestorben.

Und als mein Vater in Auschwitz brannte,
Da war keine Sterbeglocke zur Hand.
Da war ja der Tod schon selber todkrank,
Und über dem Lager wölbte sich nur
Ein irres Leichengekreisch:
Die große Glocke aus dem Gestank
Von verbranntem Fleisch. Doch
Es gibt noch Gedichte nach Auschwitz. Und
Es gibt sogar lustige Lieder. Wir
Sind eben so. Wir gehn ganz und gar
Zugrund. Und erheben uns wieder.

Großes Rot bei Chagall

ja, das ist ein anderer
Chagall. nicht der ewige
Fiedler. nicht wieder
im Blumenstrauß
das labile Liebespaar
in stabiler Schwebe

ein Ikarus stürzt aus Odessas
Himmel. Sturz in eine bäuerliche
Menschheit. Männer, Frauen
glotzen, auf niedrigen Dächern
sitzend, stehend, gelassen
der Fall war erwartet worden

ich aber kann mitansehn
wie die da mitansehn
die Landung zum Tode. Groß
blutet ein Rot
Chagall, sein großes Rot
blutet den Berg herunter

dann
aus der Braunschen Röhre tropft
Holocaust ins Haus. Rinnsal
aus Hollywood ein Rot
das kleine Rot
kriecht unter den Teppich

Revolutionäre Tätigkeiten

Marie schläft schon durch, aber Til nie. Ich versuche es mit Streicheln und Einschlafsingsang. Und dann geb ich ihm die Brust, die Plastikflaschenbrust der Väter. Morgens beide entscheißen, waschen, ölen, neue Windeln, Strumpfhosen über die Zappelbeine zotteln, Lall-Laute vormachen, nachmachen. Marie kann wie von selbst vier komplette Lieder, jeden Ton, genau im Rhythmus, aber noch kein Wort. So oder gar nicht fängt die Revolution an, so oder gar nie werden die Zustände aus den Angeln gehoben, in denen der Mensch ein elendes geknechtetes ausgebeutetes und verblödetes Wesen ist. Die ersten Schritte, jauchzend torkelnd in die ausgebreiteten Mutterarme auch des Vaters. Das immer schönere Ja, das immer genauere Nein. Der radikale Umsturz unmenschlicher Verhältnisse fängt radikal an beim einzelnen Menschen. Jeder elende Spießer wußte das vor mir und vor meinen Genossen.
Das Schicksal des Menschen ist der Mensch – schrieb Brecht so glänzend bei Marx ab. Ein Hoffnungs-Satz, ein Satz der Verzweiflung.

Altes Liedchen

Das sind die gemütlichen Reichen
Das sind die gemütlichen Armen
Das sind die lebenden Leichen
Die nicht mehr lieben noch hassen
Sie fürchten so sehr die Verzweiflung
Daß sie nun gar keine Hoffnung
Und nichts mehr in sich lassen.

Willkommenslied für Marie
Am
Wir
müssen vor Hoffnung verrückt sein, Marie, du dunkle Sonne
(E7) (Am)
daß wir dich warfen in diese Welt schlaf ein, du Dickmadonne schlaf
F Am
D E F# A H E
ein mit ei-nem hellen Traum von Milch und nassen Küssen du
D E F# A H E
wirst noch bald genug aus deiner Wiege steigen müssen
Am
müssen müssen

Willkommenslied für Marie

Wir müssen vor Hoffnung verrückt sein
Marie, du dunkle Sonne
Daß wir dich warfen in diese Welt
Schlaf ein, du Dickmadonne
Schlaf ein mit einem hellen Traum
Von Milch und nassen Küssen
Du wirst noch bald genug aus dei-
ner Wiege steigen müssen

Marie, deine Wiege ist bemalt
Mit Blumenangebindchen
In dieser Kiste lagen schon
Viel allerliebste Kindchen
Aus Tannenholz stabil gebaut
Ist deine schöne Wiegen
Es könnten nochmal hundert Jahr
Die Menschlein in ihr liegen

Um deine Wiege drumherum
Wuchern die Waffenwälder
Du liegst im Schlachtfeld mittendrin
Marie, und bist du älter
Wird keine Luft zum Atmen sein
Und nichts mehr da zum Essen
Die Erde wird uns Menschenvolk
Wohl ganz und gar vergessen

Ja von uns alln, von dir, von mir
Von all den Menschentieren
Wird keines mehr geboren hier
Und keines mehr krepieren
Die Erde wird ein öder Stern
Wie andre öde Sterne
Und wenn ich daran denk, Marie
Dann leb ich nicht mehr gerne

Wir müssen vor Hoffnung verrückt sein
Marie, du dunkle Sonne
Daß wir dich warfen in diese Welt

– schlaf ein, du Dickmadonne
Schlaf ein mit einem hellen Traum
Von Milch und nassen Küssen
Du wirst noch bald genug aus dei-
ner Wiege steigen müssen

Willkommenslied für Til
Der kleine Kö - nig auf sei - nem
Sack aus Tüddelüdde - lüt und Scha - ber - nack Er
etc.
winkt und grüßt so würdevoll: Le Roi des Rats et de Rossignols –
Ratten singen in seiner Brust, Nachtigallen in seiner Hand Sein
Reich, es ist von dieser Welt, dort, wo der Regen nach oben fällt, da
ist sein Land

Willkommenslied für Til

Der kleine König auf seinem Sack
Aus Tüddelüddelüt und Schabernack
Er winkt und stinkt so würdevoll
Le Roi des Rats et de Rossignols
Ratten singen in seiner Brust
Nachtigallen in seiner Hand
Sein Reich, es ist von dieser Welt
        dort, wo der Regen nach oben fällt
            da ist sein Land

Der kleine König willst du wohl sein
Mein kleiner Til mit Scheiß am Bein
Du kotzt und glotzt so ahnungsvoll
Le Roi des Rats et de Rossignols
Mit Kniff im Ohr und rote Haar
Bald bist du groß und abgebrannt
Dein Reich wird sein von dieser Welt
        dort, wo der Regen nach oben fällt
            wird sein dein Land

Columbus in Grün

Von Lissabon segelten sie immerzu gen Abend. Die Angst der Matrosen auf der »Santa Maria« vor dem Rand des ganz großen Tellers wurde in Schach gehalten von der Angst vor dem verrückten Kapitän, der nach Osten in Richtung Westen wollte. Indische Gewürze und Forscherneugier, Abenteuer und Landgewinn und Liebeskummer und Meuterei. Ein Himmelfahrtskommando die Mannschaft: denn am Ende der Welt würde das Schiff einen immer steileren Wasserfall hinabrasen, Segel gebläht nach hinten und Ahoi! zu den Sternen! es gibt keine Wiederkehr. Und die Schulkinder lächelten fünfhundert Jahre. Nun aber erweist die Erde sich uns doch als ein Teller, zudem ein sehr kleiner. Wir sind bald am Rand und kippen über.

Großer Segeltörn

Lieben Freunde, ich muß gehn
ich hab euch genug
von nah gesehn, an Bord
gefühlt, gerochen

Wir sind gut motort und besser gesegelt
Und neigen sich die Masten im Wind
Dann weiden mit den Wolkenschafen
Die Segel still auf blauen Wiesen
Und diese Himmel sind nicht geteilt
Sind weiter! und höher und heller
Als je an Land. Dort sah ich es:
Die Erde ist gar kein Erdenball
– sie ist ja ein flacher Teller!

Wir haben an Deck gelacht und geflucht
(im britischen Tonfall, versteht sich, Sir!
man brüllt gedämpft und gediegen!)
Wir haben am Eisenofen uns schön
Erzählt – und schöner geschwiegen

In Wunden frißt sich das Salzwasser ein
Und biß uns das Tauwerk aus der Hand
Die Haut und riß tiefe Riefen rein
Dann gröhlten wir, wie Old Sailors, in' Wind:
Seefaat mussein!

Bloß als wir mit unserem Windjammer schwer
Sechs Meilen an Kap Arkona vorbei
Gekreuzt sind vor der DDR
Schlug mir in der Brust ein Hammer
– da haben wir schweren Portwein gepichelt
Und jeder Blitz vom Leuchtturm hat
Das Herz mir abgesichelt

Doch als ich uns endlich nördlicher sah
Mit hoch alle Lappen und satt im Wind
So leicht durch die Ostsee schweben
Nach Christiansø – da kam es mir vor

– im Ernst! als ob wir leben
Da enterte ich den Fockmast hoch
Bis ganz oben rauf auf die Bramsegelrah
Als ich nun das Schiff tief unter mir sah
Durch Wellen aus Sonnenglast fliegen
Da nahm ich ein' Tampen und band mich fest
Da fühlte ich mich. Und geborgen
In Todesfurcht und Lebenslust
Ließ ich mich wiegen

Nur, jetzt will ich los, an Land, zurück
Mir fault ja die Seele schon ab
Mit kalten Füßen in klammer Koje
– ein Jammerbild! wie'n Hund inner Kiste
Der blöde an seinem Knochen kaut
Ach, wenn ichs nicht besser wüßte
– dann, lieben Freunde, würds besser gehn!
Ich weiß aber doch. Und hab nicht vergessen
Wie gut das sein kann: Haut an Haut. Da
Hilft kein Schluck, kein feinster Fraß
Ich bin ganz besessen, bin halb verhungert
Nach meiner Schönen, nach meiner Lieben
Mein Muscheltier liegt trocken in Hamburg
Verzehrt sich – das hoff ich! –
    beim Warten
        nach mir
Und ich schwimm hier rum im Schären-Garten
Zerschnarche die schwedische Sommernacht
Lieg wach im Schlafsack. Und kommt der Tag
Dann seh ich im kaltklaren Morgenlicht
Das große Wasser. Und mittendrin
Moosteppich auf Stein, ein Strauch krallt sich ein:
Die gletschergehobelten Felseninseln
Sie liegen so lieblich rum in der See
Wie Handschmeichler, klein, für Götterhände
Bewachsen mit Holzhütten wie mit Bäumen

Von all diesem kühlgewaltigen Licht
Tun mir die Augen schon weh
– das kommt: Ich bin sehr alleine
Die schönste Schönheit der Natur
Der Freunde Freundschaft quält mich nur
Weil ich zwei Augen hier nicht seh

– zwei dunkle, die ich meine
Lieben Freunde, ich muß gehn
  ich hab euch genug
    von nah gesehn, an Bord
      gefühlt, gerochen

Bei Flut

Bei Flut drückt die See den Fluß in das Land in Altona saß ich am Elbe-strand und sah, wie die Bo-je nach Os-ten hin zeigt das Wasser läuft auf und steigt und steigt verdrehte Welt das seh ich gerne der Fluß er fließt zu-rück Die Wasser-massen der El-be

F
A°
E H7 E7
wollen
wieder nach Dresden
zu- rück
Das sah ich
Am A
Dm
B♭7
gern aber ge- lassen
und blei -----
A7
-be
Dm

Bei Flut

Bei Flut
drückt die See
den Fluß in das Land
in Altona saß ich am Elbestrand
und sah, wie die Boje nach Osten hin zeigt
das Wasser läuft auf und steigt und steigt

verdrehte Welt!
    das seh ich gerne
        der Fluß, er fließt
            zurück!
Die Wassermassen
    der Elbe wollen
        wieder nach Dresden
            zurück

Das sah ich gern aber gelassen
und bleibe

2. Kapitel:
Im Tagesdreck

... daß der Gedanke durch ein Übermaß an Tugend zur Sünde abgleitet. Dumm durch ein Übermaß an Klugheit. Schwach in Folge eines Übermaßes an Kraft. Finster, weil allzusehr nach Licht lechtzend.

Witold Gombrowicz

Für einen faulen Fan

Für einen faulen Fan

Tief bewegt sein ist was Schönes
besser ist: sich selbst bewegen!
Also laß dich hier von mir nicht
an den Liederschnuller legen!
Revolutionäre Stimmung
lutschen bin ich überdrüssig
kampfbetonte Lieder sind in
echten Kämpfen überflüssig

Soll ich etwa mit dem Maulwerk
und mit Schlägen auf der Klampfe
dir die Taten tuten, die du
selbst nicht tust im Klassenkampfe?
Wenn du das von mir erwartest,
geh nach Haus und komm nicht wieder!
Lieder machen nicht Geschichte
– die Geschichte macht sich Lieder.

Und der Liedermacher macht aus
rotgetünchten Triefgestalten
keine Barrikadenkämpfer
die die Rote Fahne halten.
Also laß dich hier von mir nicht
an den Liederschnuller legen
Tief bewegt sein ist was Schönes
besser ist: sich selbst bewegen

S & S

Schmidt und Strauß, die zwei Ath-le-ten beide find' ich ide — al
in der Wahl-a-re-na tre-ten bei-de an für's Kapital
Der eine ein rechter So-zial-de-mo-krat, er re-det sein Blech in Ro-sa der an-de-re re-det den glei-chen Text in kla-rer in kla-rer in kla-rer deut-scher Prosa
Em Em7 Em6 Em-6 D C Hm7
LP „Eins in die Fresse…“
siehe LP!
verfluchte Notenschrei-berei!

S & S

Schmidt und Strauß, die zwei Athleten
Beide find ich ideal!
In der Wahlarena treten
Beide an fürs Kapital.
Der eine ein rechter Sozialdemokrat
Er redet sein Blech in Rosa
Der andere redet den gleichen Text
In klarer deutscher Prosa

Der eine war Wehrmachts-Offizier
Der andre Off'zier bei'r Wehrmacht!
Und wie man legal für den Rüstungswahn
Die Kassen des Staates leer macht,
Das wissen beide. Denn beide warn
Verteidigungs-Minister
Wie Zucht und Ordnung sind die Zwei
Im Ungeist ja Geschwister

Der eine schlürft sein' Rum mit Cola
Der andre säuft sein Bier aus der Kanne
Doch machtbesoffen sind beide Herrn
Und haun uns ja in die Pfanne!
Der eine hanseatisch kühl
Der andere wutgerötet
– der Freiheit bleibt es gleich, ob man
Sie grob oder feiner tötet

Und beide plädiern für AKW's
Für nukleare Waffen
Für beide sind die Linken hier
Nur ferngelenkte Affen

Heut nacht im Alptraum fragte ich
Den Meister Heinrich Heine:
Freund, gib mir Eizes für die Wahln!
Er lachte und sprach: Ich meine
Das mußt du nebbich selber wissen
– doch es will mich schier bedünken
der von Süden, der von Norden
– daß sie alle beide stinken

Wahlaufruf verquer

wählt!
wählt bloß!
nicht! bloß SPD
ein vorletztes mal
wählt bloß nicht bloß
SPD – und sei sie euch noch so
verleidet. Sie ist ja ein großes Übel
das sich seit je als das klein're verkleidet

und trotzalledem wählt bloß und nicht bloß
SPD, denn wenn Strauß erst die Macht
zu fassen hat, dann wird er uns
hetzen, bequem mit Gesetzen
die ja vordem die SPD
gegen uns, Genossen
erlassen
hat

Strauß und Bundeskanzler Schmidt: »Demokratische Politiker müssen sich grundsätzlich für gegenseitig koalitionsfähig erklären.«

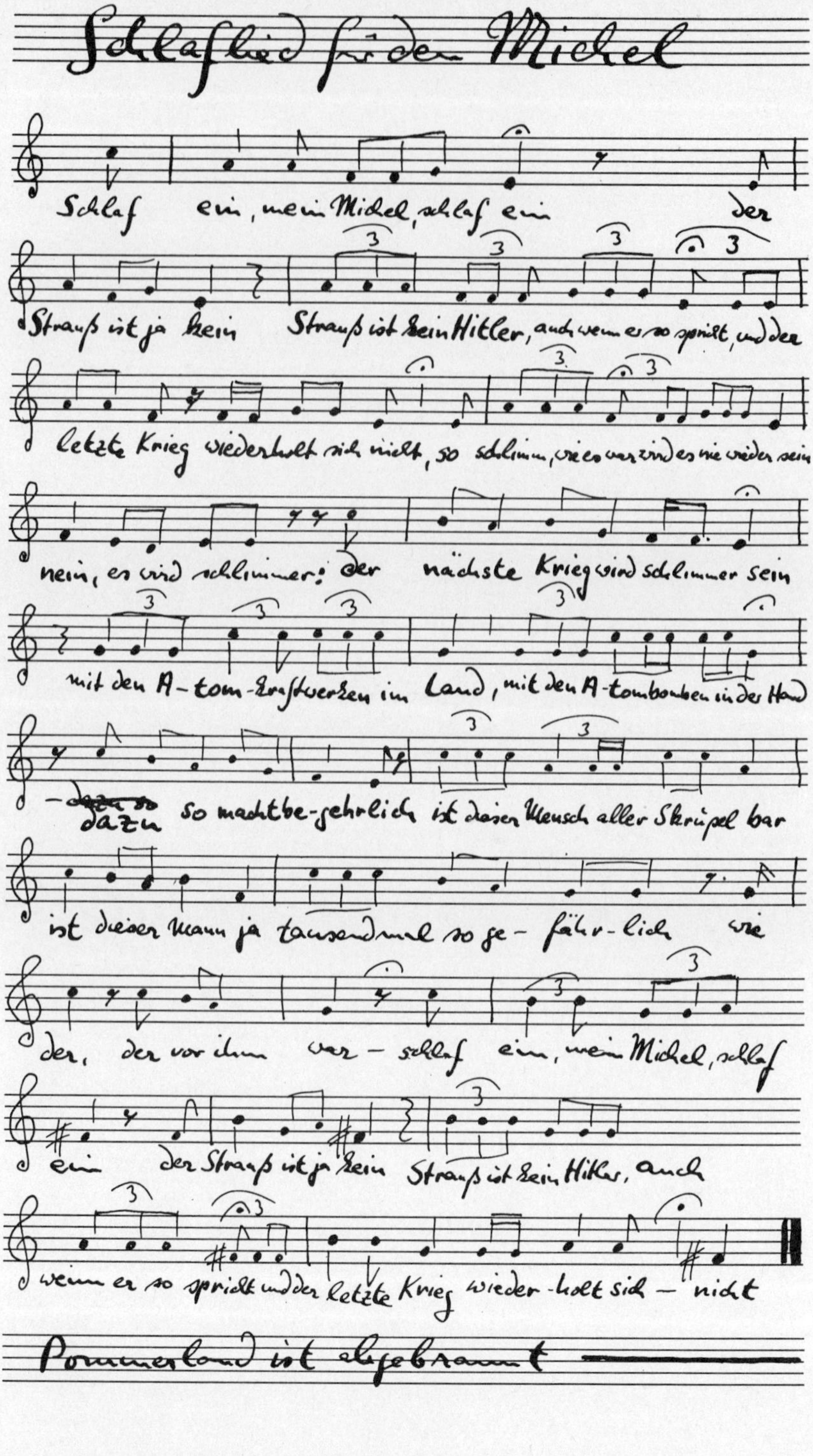
Schlaflied für den Michel
Schlaf ein, mein Michel, schlaf ein der
Strauß ist ja kein Strauß ist kein Hitler, auch wenn er so spricht, und der
letzte Krieg wiederholt sich nicht, so schlimm, wie es war, wird es nie wieder sein
nein, es wird schlimmer: der nächste Krieg wird schlimmer sein
mit den A-tom-Kraftwerken im Land, mit den A-tombomben in der Hand
dazu so machtbe-gehrlich ist dieser Mensch aller Skrupel bar
ist dieser Mann ja tausendmal so ge- fähr-lich wie
der, der vor ihm war – schlaf ein, mein Michel, schlaf
ein der Strauß ist ja kein Strauß ist kein Hitler, auch
wenn er so spricht und der letzte Krieg wieder-holt sich – nicht
Pommerland ist abgebrannt

Vier Variationen zu Strauß

1. Schlaflied

Schlaf ein, mein
Michel, schlaf ein
der Strauß ist ja
kein
Strauß ist kein Hitler
auch wenn er so spricht
und der letzte Krieg
wiederholt sich
nicht
so schlimm wie es war
wird es nie wieder sein
nein
es wird schlimmer:

der nächste Krieg
wird schlimmer sein
mit den Atomkraftwerken im Land
mit den Atombomben in der Hand
dazu so machtbegehrlich
ist dieser Mensch
aller Skrupel bar
ist dieser Mann ja
tausendmal so gefährlich
wie der, der vor ihm war

schlaf ein, mein
Michel, schlaf ein
der Strauß ist ja
kein
Strauß ist kein Hitler
auch wenn er so spricht
und der letzte Krieg
wiederholt sich
nicht.

2. Grünes Gegengedicht

Strauß – Hitler, Hitler und Strauß
Wie kannst du die vergleichen?!
Das kommt falsch raus! Mensch, Hitler
Ging über Leichen! Franz-Josef? Nie!
Nie kommt der ran. Der ist doch nur
Noch seine eigene Karikatur!
Wer gegen den zu Felde zieht
Der bläst ihn auf zum Supermann
Dämon! mit geschichtlichem Format
– und ist nichts als ein gemeiner
Biertisch-General, drei Zentner Speck
Ein großer Trinker, ein kleiner Lateiner
Krachlederner Gernegroß, ist bloß
Ein Maulheld im bürgerlichen Parlament
– wer den mit Hitler vergleicht
Übertreibt gefährlich die Gefahr!
Ich glaub daran nicht. Der Wicht
Bleibt, was er war:
Ein kleines Licht! – Ran kommt der nie:
Der ist nicht mal jener starke Mann
Nach dem in der Krise die Schwächlinge schrein
Der ist für das ganz große Kapital
Ein viel zu rechter Rechter
Nein! überschätzt den nicht
Der mit der Mistgabel ficht
Nie kommt der ran! der ist gemacht
Aus Barbarei und Blutwurst
Aus Bier und Frömmelei
– ein Hitler ist so einer nicht.

3. Rote Gegenfrage

Wieso? hatte Hitler Format?
War nicht auch Hitler ein Kretin?
War etwa Hitler ein großes Licht?
– du großes Licht?!

Kanzler-worte

"Ein Volk, das diese wirtschaftlichen Leistungen vollbracht hat, hat ein Recht darauf, von Auschwitz nichts mehr hören zu wollen."
Franz-Josef Strauß, 1969

"Wir wollen von niemandem mehr, weder von Washington noch von Moskau, von keinem europäischen Nachbarn, auch nicht von Tel Aviv, ständig an unsere Vergangenheit erinnert werden."
Franz-Josef Strauß, 1977

4. Schwarzes Liedchen

Der Tod ist ein rechter Rechter
Der Tod ist ein rechter Meister
Aus Deutschland
Ach, all unsre großen Schlächter
Warn kleine Geister

Du rote Anna vom Kinderhaus

Du rote Anna vom Kinderhaus
Jetzt bist du also grün geworden
Lachst du mich aus? oder lachst du mich an?
Und Thomas, du Packer vom Euro-Kai
Ich kann dich verstehn mit deinen Grünen
Und Willi, mein Freund von Daimler Benz
Und Heinz, du alter Communard
Jetzt bist du also auch dabei
Und Rudi, du auch, jetzt bist du grün
Gestorben, ach und sie haben dich am Ende
Alle über den grünen Klee
Gelobt und christlich begraben
Und Bahro mit dem Schillerkragen –
So viel rote Freunde, die letztes Jahr
Gemeinsam mit deutsch-nationalen Raben
Mit Wald- und Wiesen-Radikalen
Die Farben gewechselt haben

Ach, Freunde, die ihr im Klassenkampf
Verloren und treu auf Posten standet
Wenn ihr euch jetzt ins Offne rettet
Halb mit Hoffnung, halb mit Krampf
Bei den grünen Grünen landet
Will ich auch ins Offne, Freunde
Möcht mit euch ins Offne ziehn
Ich denk auch so gern in Farben
Alle Menschen lieben Grün
Grün die Hoffnung, Grün das Leben
Grün der Junge, der noch lernt
Ach! und all die Polizisten
In den grünen Uniformen!
Die für unser Geld uns schützen
Vor uns selber, Gott, die Braven:
Grün und blau geschlagen haben
Sie uns immer wieder mal
Nur, damit wir nicht von all dem
Bier und Speck und Fernsehdreck
Ganz und gar einschlafen

Du rote Anna vom Kinderhaus
Jetzt bist du also grün geworden
Lachst du mich aus? oder lachst du mich an?
Und Thomas, du Packer vom Euro-Kai
Ich kann dich verstehn mit deinen Grünen

Gesamtdeutscher Strauß

Gesamtdeutscher Strauß

Die Fürsten in der DDR
Sie wünschen bestenfalls
Dem Westen alles Schlechte
Und die Krätze an den Hals
Der Westen soll ein Greul sein
Ein schwarz-braun-goldner Graus
– sie wünschen uns ja insgeheim
Als Kanzler Helmut Strauß

Sie fluchen laut: Stoppt Strauß! Stoppt Strauß!
Und beten still: Ach, käm er!
Mit Strauß als Schreckgespenst in Bonn
Wär vieles viel bequemer:
Der rechtsradikale Wüterich
Wär ideal der Mann
Mit dem sich in der DDR kein Mensch
Im Geist verbrüdern kann

Mit Strauß als Galionsfigur
Gehts vorwärts in Verderben
Die Mauer wächst! und tiefer wird
Der Graben. Und wir werden
In Kälten fallen wie noch nie
Dann hilft kein Kinderschrein:
Der Kalte Krieg kippt um und kann
Der letzte heiße sein.

Heimspiel

das war ein Heimspiel
dichter
wurd das Getümmel vorm Tor
als der Schiedsrichter
pfiff
und griff
nach der Roten Karte und
als er dann noch spitz
mit dem Finger auf den 11-Meter-
Punkt wies
ging's rund!
da stieß
ein Gezeter
vom Rang herab:
Müller nach Auschwitz!
Mül – ler – nach – Au – schwitz!!
auch wenn es sich ab
und zu reimt – dies hier ist ein
Bericht
kein
Gedicht

Du Schwein!

du Hund! du Schweinehund! du Bluthund!
Bunter Hund! Schoßhund! du Kettenhund!
feiger Hund! Schlachterhund! Pinscher!
Mops! die Hunde belln, aber die Karawane!
Kamel! Affe! Mensch! du Laus! Ungeziefer!
Wurm! Schmeißfliegen! Dort an der Mauer
seht die Besichtiger: Schmeißfliegen an
unserer Wunde! mein Täubchen, die Ratten
der Luft. Ausrotten! Weg damit! Die gegen
uns waren, mußten sich benehmen wie wilde
Tiere ... ach, wir hatten viele Herren,
hatten Tiger und Hyänen, hatten Adler,
hatten Schweine, doch wir nährten den und
jenen ... ist es vernünftig? überzeugend?
fair? taktisch geschickt? darf man seinen
Feinden, darf man Menschen kommen mit dem,
was Gott geschaffen hatte kurz vor uns,
am 6. Tag: Tiere auf Erden, ein jegliches
nach seiner Art und das Vieh nach seiner
Art und allerlei Gewürm?
Wenn ich Franz Josef Strauß ein fettes
Schwein nennen würde, wäre das keine
Erleuchtung, eher eine ins Tautologische
geprügelte politische Offensichtlichkeit.
Aber wenn der mächtige Landesfürst des
Freistaates Bayern seinen Untertanen
Bernt Engelmann eine Schmeißfliege nennt,
ist das gefährlich, denn Strauß hat ja
die große Fliegenklatsche dazu. Quod
licet bovi non licet Jovi, zu deutsch:
die Unteren, die Machtlosen, die Unter-
drückten, die Gedemütigten dürfen. Auch
deshalb ist eine Gesellschaft freier
Individuen ohne irgendeine Herrschaft
im Genick erstrebenswert: jeder dürfte
jeden in den Zoo hineinreden: Du Schwein!
du Hund! du Schweinehund! Affe! Mensch!

Starfighter

Starfighter

Franz-Josef hat dem deutschen Volk
Die Starfighter gekauft.
Und immer, wenn einer vom Himmel fiel
Dann hat sich der Dicke voll Mitgefühl
Ein Haupthaar ausgerauft

Von vorne kannst du es nicht sehn
Auf seiner feisten Fratze
Doch knapp über dem Nackenspeck
Von kalt und heißem Schweiß bedeckt
Da hat er 'ne kleine Glatze

Das ist sein kleiner Friedhof für
Die fünfundneunzig Toten.
Die Helden sind verscharrt im Sand,
Die starben nicht fürs Vaterland,
Die Bundeswehr-Piloten

Die starben nicht für dich, für mich,
Die starben für den Krüppel
Den Vogel, der nicht fliegen kann:
Strauß will jetzt an den Knüppel ran
Den großen Steuerknüppel

Es ist genug! schmeißt auf den Schrott
Die teuren Todesvögel!
Ja, und wenn überhaupt noch ein
Starfighter runterstürzen muß
Dann soll es
  dann soll es
    dann soll es der Dicke sein

Wer kann sich schon freun über den Absturz der Starfighter, solange Menschen drin sind. Als ich das Lied schrieb, warn es 94 Tote, als ich es sang 95, heute 96 – die Glatze wächst. Der kleine Heldenfriedhof auf dem Haupte des F. J. S. hat mehr Poesie als die zynische Geschichtsmelancholie, die heute auf dem Literaturmarkt im Westen gehandelt wird.
»feiste Fratze« – hat er doch! Darf man die Oberen unter der Gürtellinie treffen? blödsinnig der Sportjargon. Als ob gleichgewichtige Boxer fair kämpften! Die Oberen stehn eben zu weit oben auf dem Sockel, und da kriegt man eben zu weit unten was ab.

Gemütlicher Faschismus

Gemütlicher Faschismus

Ich machte Rast im Gasthaus zur Post
Und bestellte ein Rehragout
Das schmeckt so gut mit Kartoffelbrei
Und Preißelbeeren dazu
Ein Förster saß am Stammtisch und aß
Und trank in geselliger Rund
Und zwischen seinen Stiefeln lag brav
Sein schwarzbrauner Schäferhund

Das war in Brückmühl im Bayernland
Und der Mann mit dem Pinsel am Hut
Warf untern Tisch ein Stück Leberkäs
Und knurrte: Laß aus, 's ist vom Jud!
Die Männer lachten und sahn untern Tisch
Dem Schäferhund tropfte der Zahn
Er roch an dem Fleisch und jaulte dazu
Und rührte es doch nicht an.

Dann rief der Förster: Jetzt habn ma'n tauft!
Und zack! verschlang das Tier
Den Bissen. Und der Förster sprach: schaugst
Wie ich den zum Menschen dressier!
Mein Essen kam. Ich zahlte gleich
Schön mürb war das Rehragout
Das schmeckt mir gut mit Kartoffelbrei
Und Preißelbeeren dazu.

Und als ich wieder draußen stand
Die alten Häuser warn schön!
Da sah ich die Wolken im Abendlicht
Hoch über dem Kirchturm stehn.
Und gäbe es diesen Stammtisch nicht
Dann gäb's auch kein' Franz Josef Strauß
Der tägliche kleine Faschismus sieht
So urgemütlich aus.

Menschentiere

Ja, Tier mit zwei bebenden Rücken, das
sind die Liebenden in der Umarmung. Und
der Löwe ist König. Stark wie ein Löw!
sagt Woyzecks Marie zum Tambourmajor
Preußischer Adler und Pleitegeier und
Herwegh, eiserne Lerche der Revolution
Meine Genossen; die Götter, die Schweine
Süße Sau! sagt die zärtliche Mutter
wenn die Mehlsuppe im Kleidchen klebt
zu ihrem Mäuseschwänzchen. Aber die Ratten
kommen wieder hoch. Mit Tschingdara und
Wiedersehn! Und Weib und Hund und Pfaff!
Und mittendrin der tote Soldat wie ein
besoffner Aff. Iß das Fischchen, mein
Vögelchen! Iß das Vögelchen, mein Fischchen!
Und gehn sie einher auch wie blutige Hähne
– es wechseln die Zeiten, da hilft kein Gewalt.
Alt wie die Menschheit ist der Zerrspiegel
ins Tiergesicht. Vergiß nicht John Heartfields
Hyäne mit dem Hakenkreuz! Und Heine heult
mit den Wölfen! und nicht mit den Hunden,
die an der Kette Wache schieben. Eine Krähe
hackt der andern beide Augen aus. Grandville
zeichnet das Elitepack mit Eselsschwanz
und Puderzopf. Leichtfüßig La Fontaine
seine Tiere sind ja auch nur Mensch. Aber
das Un-Tier: der Drache! Hätte je ein
Goya den gefürchteten Strauß in der Mache
er würde doch sowas nicht zeichnen als Vogel!
Und ist kein katholischer Kapaun und
kein evangelisches Suppenhuhn. Nun,
was soll sein? Ein Schwein kann ein
schnelles Schwein werden, aber nie
ein Windhund! Und Schnüfflerschnauzen
und Zuckerschnuten und weise Eulen
und dumme Puten. Und in der Folter
der Mensch muß ja brüllen wie ein Tier
Im Schlachthaus die armen Kälber
marschieren hinter der Trommel in den Krieg

und das Trommelfell liefern sie selber
– Meister Brecht sagts ja auch! Na also!
Mein lieber Freund, was soll sein? Wir
schrein, wenn es weh tut und wollen uns
wehren mit Händen und Füßen und Nägeln und
Kralln und Streicheln und Zotteln
und bösem Lachen und gutem Lachen und
Rufen und Lalln – ja, und! und Und!
Und der Fuchs ist klug. Und ein Wolf
ist kein Hund!

Bellen hilft hier nichts, es muß gebissen werden!

Deutsches Wanderlied

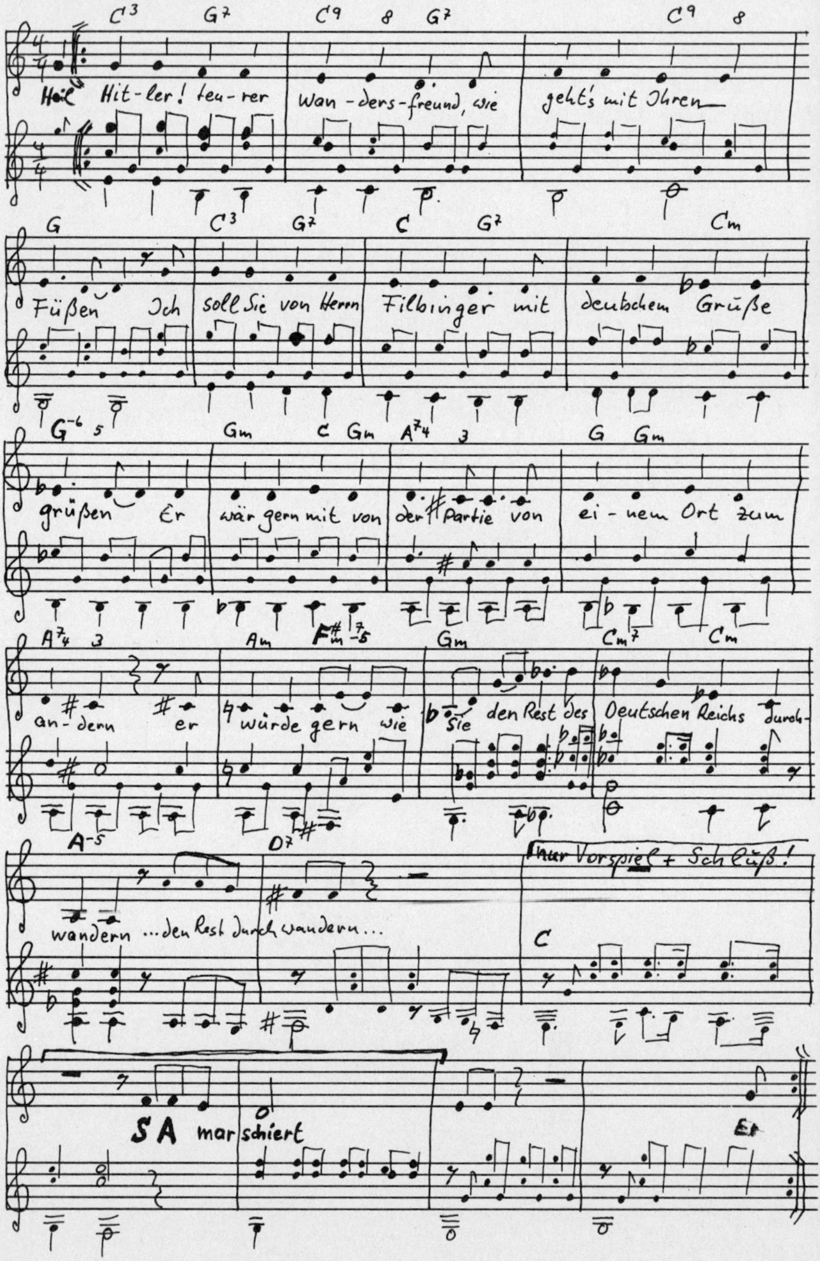

Deutsches Wanderlied

Heil Hitler! teurer Wandersfreund
Wie gehts mit Ihren Füßen?
Ich soll Sie von Herrn Filbinger
Mit Deutschem Gruße grüßen
Er wär gern mit von der Partie
Von einem Ort zum andern
Er würde gern, wie Sie, den Rest
Des Deutschen Reichs durchwandern
– den Rest durchwandern

Er ist nur kränklich, schlecht zu Fuß
Seit der gewissenlosen
Rufmordkampagne, die es gab
Um irgendeinen Matrosen
Doch wenn Ihr Weg durch Stuttgart führt
Dann solln Sie ihn besuchen
Herr Filbinger lädt ein zum Tee
Und frischen braunen Kuchen
– die braunen Kuchen

Als alter Kämpfer wünscht er sich
Daß Sie das Vorwort schreiben
Für seine Memoiren, denn
Die will er jetzt vertreiben
Ja, wenn die Deutschen, sprach er, einst
Die ganze Wahrheit lesen
Wird klar, daß ich in dunkler Nacht
Nichts als ein Mensch gewesen
– ein Mensch gewesen

Ein deutscher Mensch auf Wanderschaft
– genau wie Sie, Herr Präsident
Die linken Krittler
Die zeigen nur, daß unser Weg
Der rechte ist. Heil Hitler!

Filbinger? Carstens? Globke? – lies dazu Bernt Engelmann: *Wie wir wurden – was wir sind!*

Gespräch übern Rand des Pißpotts

blauäugig weit ab vom Leben
sind die neuen Lieder Biermann die Sie
gegen uns im Westen singen allerdings
wie Sie das bringen: toll! freilich
auch Kritik soll sein schrein Sie ruhig
auf den Putz haun stur verneinen linkes
Kritteln kratzt kein Aas hier Dichter
solln das wahre Leben uns verdichten
all der Tagesdreck ist öde ewig
auf Kommune machen von der Wiege bis zur
Bahre ist doch blöde! viel mehr Mut ja
MUT brauchts JA zu sagen denn das linke
NEIN ist schick NEIN schreit mancher hier
im Westen sei's weil er die Welt nicht
kennt sei's aus Mangel an Talent NEIN
ist nur ein fauler Trick und man lebt
sehr gut davon – Sie ja auch in ihrer
Villa. solln Sie auch. leben solln Sie
ohne Hassen leben. ja und leben lassen
Wird George Bernard Shaw im Osten
eigentlich gedruckt und kenn' Sie
dies Zitat? Hier kann man's kaufen:
»Wer mit Zwanzig nicht Kommunist ist
der hat kein Herz. Aber wer mit
Vierzig immer noch Kommunist ist
– der hat keinen Verstand«

ach Genossen, wie mich das ödet! kennt
Ihr die Reden? Jeder ausrangierte Graukopf
jeder etablierte Schlaukopf kann uns so
kommen und höhnisch fragen: Wo gibts, wo
ein Land und kein Utopia, ein Land, fern
nah, klein groß, Ost West, egal! Wo
steht ein Staat in dem der Mensch im
Ganzen mehr Fressen hat und mehr Moral
mehr Freiheit und mehr Glück als wir
hier in Deutschland?

Freilich, Genossen, dann konter ich
Mit einem oft gebrauchten kalten Wort:
Sie meinen die Bundesrepublik, wenn Sie
von Deutschland reden ... aber dann
seh ich schon alt aus, denn welches
Land soll ich ihm nennen? Ich hab
nichts zu lachen und kann nicht sagen:
Geht hin, ihr Lahmen! seht hin, ihr
Blinden! ihr armen Irren, ihr irren
Reichen seht! wie da oder da oder
da oder da die bessre, die neue Welt
entstanden ist oder grad eben entsteht!

Und dann stammel ich was von Berufsverbot
Von der seelischen Not der Arbeitslosen
von Ausbeutung, Gastarbeiterleid, von
biodynamischem Fraß in Dosen, Verschwendung
der Reichen, von Dritter Welt, von den
lebenden Leichen aus brauner Zeit, von
Filbinger, Carstens, Schleyer und Strauß
Gorleben! Brokdorf! Wyhl! und dabei
die Brutalität der Polizei, Atomkraftwerke
überhaupt! und ganz besonders die Ignoranz
von Atomkanzler Schmidt und dazu noch ein
treffender Satz gegen die Sympathisantenhatz
und ein deutliches Wort über den Mord an
Rudi, und dann lande ich noch einen Hieb
gegen die Springerbande, und wenn man
diese rostige Schraube bis zum Ende schraubt
ist das Übel: der Kapitalismus überhaupt ...

Und dann lächelt der Andre und sagt: Gut,
so vieles ist schlecht hier, recht haben
die Linken, mich stinken die Zustände an
wie Euch, aber nennt mir nun ein einziges
Land, wo alles das grundsätzlich besser ist
– besser ist, oder wird, oder werden wird
– ein Land, bitte, nur eins!

Genossen, zerhackt mich, dann krieche ich
hinter den Rand des linken Pißpotts, dann
weiß ich kein Land, keins!

Song von den Jahreszeiten

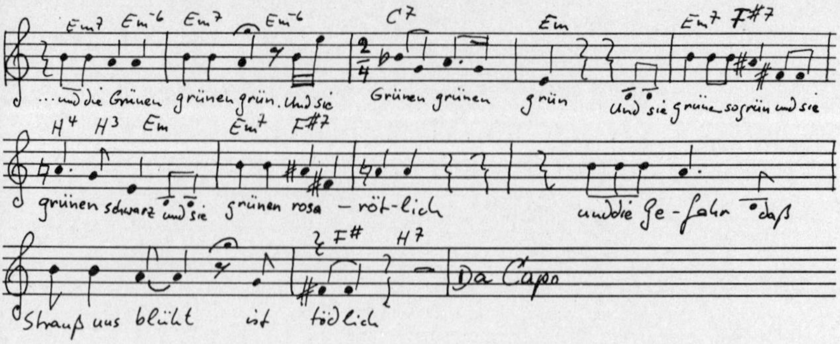

Song von den Jahreszeiten

Schmidt, das ist der Deutsche Herbst
Zieht euch warm an, Kinder!
Wenn erst Strauß das Sagen hat
Kommt der Deutsche Winter

Frühling, Sommer, Herbst und Winter
ach, die schönen Jahreszeiten
– in der Politik, mein Freund
gibt es mit den Jahreszeiten
Pleiten, nichts als Pleiten
Ach, in der Geschichte geht
alles ganz verdreht

denn gleich nach dem Prager Frühling
kam kein Sommer – denkste, nein!
ach, da brach auf Panzerketten
bös der große Frost herein
– der Frost herein

und nach dem Pariser Mai
da erholte sich – und wie! –
von dem großen Schreck das Pack
Frankreichs Großbourgeoisie
– die Bourgeoisie

und der Herbst in Deutschland dauert
dauert nun schon Jahr um Jahr
und das Herz wird klamm, es wachsen
uns ins Hirn die grauen Haar
– die grauen Haare

Nun auf einmal grünt es üppig
Mai! der Mai macht alles grün ...
doch die Arbeitslosen wuchern
und die Waffenwälder blühn
die Atomraketen wachsen
Mensch! und die Computer wachen
und die Grünen grünen grün

sie grünen so grün
und sie grünen schwarz
und sie grünen rosarötlich
und die Gefahr
daß Strauß uns blüht
ist tödlich

Schmidt, das ist der Deutsche Herbst
Zieht euch warm an, Kinder!
Wenn erst Strauß das Sagen hat
Kommt der Deutsche Winter

Wie vergnüglich ...

Wie vergnüglich

Wie vergnüglich, wie viel leichter
wäre alles, lieben Freunde,
könnten wir gelegentlich und
gelassen große Worte
stecken lassen!

Und nach Osten zeigen
und nur sagen: Seht dort
Dort entsteht was,
dort!

Nicht so reich sind da die Leute
aber lustiger dabei
nicht so fett sind da die Leute
aber frei!

Wie vergnüglich, wie viel leichter
wäre alles, lieben Freunde,
könnten wir gelegentlich und
gelassen große Worte
stecken lassen!

Frieden

Frieden, Frieden – alles schreit nach
Frieden Frieden Frieden Frieden
Ich will auch und einfach: Frieden
Frieden ohne Wenn und Aber

Frieden Frieden wolln sie alle
Frieden wollen auch die großen
Frieden auch die kleinen Fürsten
Frieden wollen all die Führer
Präsidenten und Monarchen
Pfaffen, Waffenfabrikanten
Generäle und Minister

Frieden! Frieden! – alles schreit
Ost und West auf beiden Seiten
Friedenskämpfer sind sie alle
Die in aller Offenheit
Massenmorde vorbereiten

Frieden Frieden Über Alles!
Panzer und Raketenwaffen
Bomben, Giftgas und Bazillen
Overkill – alles will

FRIEDEN
Ach, um ihres Friedens willen
Ach, daß solcher Friede werde
Dazu brauchen all die Großen
dieser Erde
immer noch ein' kleinen Sieg
über immer neue Feinde
Ach! zum Frieden, den die meinen
braucht es Krieg

Traumfrau im Traum mit der Trommel

dürrbeinige friedliche Trommlerin, nackt
gleich trommelt sie los! barfuß auf kalten
Fliesen, die Küche, kein Herd, kein Topf
kein Tisch, kein Garnichts, das Mädchen
und um den mageren Hals am Band
die Trommel vorm Bauch
gleich! trommelt sie los, mit einer
schneeweißen Hühnerfeder in jeder Hand
gleich! drischt sie aufs Kalbfell, lautlos
die Frau mit der Trommel, kein Hemd
überm Arsch, kein Arsch
unterm Hemd, kein Ton
unterm Fell, vornenixhintennix, aber
die Augen! jetzt
trommelt sie los mit diesen Augen
trampelt mit diesen Füßen in mein Gemüt
die auferstandene Warnerin
Stumme Kattrin vom 30jährigen Krieg
wie die auf die Trommel schlug! Lauter!
Und wenn wir trotzalledem nun verderben
– ich hab dich gehört. Und laut genug

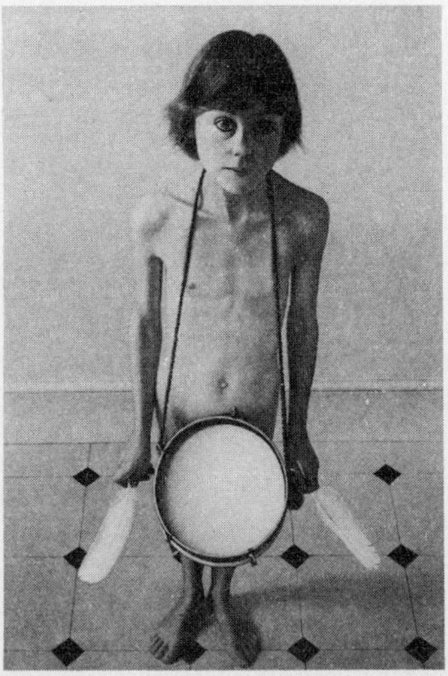

Abrüsten auf eigene Faust!

Noch genießt der Krieg in Europa seinen Frieden. Ich will die Frist nutzen und öffentlich deutlich machen, was ich über unsere Chancen zum Tode und zum Leben unter diesem Atombombenhimmel denke.

Immer wieder traf ich auf den berühmten Satz des Egon Bahr über die Neutronenbombe der USA: Sie sei eine »Perversion des Denkens«. – Für mich ist es eine perverse Gedankenlosigkeit, wenn dieses vereinsamte Zitat den Eindruck verbreitet, als seien die Wasserstoff-Overkill-Bomben keine oder eine geringere Perversion menschlichen Denkens. Eine Waffe wie die Neutronenbombe, die »nur« Menschen kaputtmacht »und sonst nichts«, stellt keineswegs eine exklusive Perversion dar, denn eben diese Eigenschaft hat sie gemein mit sämtlichen bakteriologischen und chemischen Superwaffen. Und die sind so menschheitsvernichtend, so grauenerregend, daß weder in Ost noch in West – und nicht einmal in der gegeneinander gerichteten Propaganda – von diesen »B«- und »C«-Waffen groß die Rede ist.

Im westlichen System funktioniert die Waffenproduktion wie jegliche Warenproduktion in der Wegwerfgesellschaft. Im Osten verdient keiner am Krieg. Aber in der Sowjetunion kostet das Wettrüsten die ausgepowerten Völker nicht nur die Wurst aufs Brot, sondern das Brot selbst. Und der soziale Zündstoff, wenn er erst mal explodiert, kann sich als die kleine Atombombe erweisen, mit der ja die große Wasserstoffbombe gezündet wird. Ich denke, daß das kapitalistische Profitinteresse nicht das Einzige ist, was irgendwelche Machthaber ins Wettrüsten und in Kriege treiben kann.

Heute, 64 Jahre nach der Oktoberrevolution, sind in der Sowjetunion die Läden leer und die politischen Gefängnisse voll. Heute fahren Menschen 300 Kilometer nach Moskau, um dort für einen Arbeiterwochenlohn ein Kilo Fleisch und ein Kilo Tomaten zu kaufen. Und heute werden dort Menschen eingesperrt, die für Abrüstung im eigenen Lande demonstrieren.

In der Chruschtschow-Ära wurde ein ergreifendes Lied populär, der Text stammt von dem Dichter der Tauwetterperiode, Jewgenij Jewtuschenko: Glaubst du, die Russen woll'n, glaubst du, die Russen woll'n, glaubst du, die Russen wollen Krieg . . .

Nein, die Russen wollen keinen Krieg, gerade sie wissen ja, was Krieg bedeutet. Und wenn es in der Sowjetunion demokratische Freiheiten gäbe, gäbe es dort vielleicht die heftigste und massenhafteste Friedensbewegung der Welt. Es ist eine Binsenwahrheit: Die Völker selbst wollen keinen Krieg. Nicht einmal die nazifizierten Deutschen wollten Krieg, auch nicht, als ein paar tausend Deutsche »Ja!« brüllten (auf die furchtbare Frage von Goebbels: »Wollt ihr den totalen Krieg?!«). Nicht einmal die gewählten und nicht einmal die ungewählten Führer wollen eigentlich Krieg. Sie wollen nicht, sie machen aber. Die USA machten Krieg in Vietnam. Und als die CIA den Faschisten in Chile half, Allende zu stürzen, war das auch ein Krieg um Einflußgebiete, Rohstoffquellen und Absatzmärkte.
Und »die Russen«? Sie haben gemeinsam mit Stalins Freund und Verbündetem aus Braunau – nach genau vereinbartem Plan – 1939 Polen überfallen. Sie haben sich die Beute brüderlich geteilt und um den Rest der Welt gefeilscht. Und die UdSSR hat nach '45 den Teil Polens annektiert, den sie 1939 beim Halbehalbe-Machen mit Hitler okkupiert hatte. Und sie scherte und sie schert sich einen Dreck um den leider wahren Satz von Karl Marx, daß jeder Krieg, der mit einer Gebietsannexion endet, den Keim des nächsten Krieges in sich trägt. Die Sowjetunion hat Finnland überfallen und beraubt, sie hat die baltischen Länder sich einverleibt. Und wenn mit Panzern ein fremdes Land niedergeworfen wird, wie 1956 geschehen in Ungarn und 1968 in der CSSR, dann werde ich immer zu denen gehören, die für diese mit Panzern exportierte Konterrevolution nicht das freche Nebelwort von der »Brüderlichen Hilfe« ertragen, sondern den Krieg Krieg nennen. Im Nahen Osten verbluten Araber und Juden aneinander im schwelenden Stellvertreterkrieg der Supermächte. In Asien und Afrika liefert die Sowjetunion, genau wie die USA, die modernen Messer, mit denen sich die verhungernden Völker abschlachten. Und so wie die USA schamlos faschistischen Regimen die Stange halten, so verbündet sich die Sowjetunion mit den reaktionärsten Feudalherrschern, mit Kommunistenschlächtern wie Gamal Abd el-Nasser. Mit diesem Hitler-Verehrer verbündete sich die Sowjetunion, nachdem er die gesamte KP Ägyptens physisch ausgerottet hatte. Und sage keiner, dies seien alles Beispiele für »nur« begrenzte Nebenkriege. Die Grenze zum großen, zum letzten Krieg ist ja fließend! Und solche fanatischen Reaktionäre wie USA-Freund Begin, wie UdSSR-Freund Gadhafi haben auch Atombomben – oder werden sie in Kürze

haben. »Glaubst du, die Russen wollen Krieg?« – Nein! Aber ihre Führer bereiten den Krieg gegen Polen in schamloser Offenheit vor – so wie Afghanistan in schamloser Offenheit okkupiert wurde. Und gerade in diesem Moment entzückt sie im Westen eine Friedenskampagne. Aber die guten Geister des Friedens, die die Sowjetunion beschwört, sind ihrer Kontrolle und ihren bornierten Absichten längst entglitten. Und nun bedroht und erpreßt und brüskiert Präsident Reagan seine Nato-Verbündeten in Westeuropa. Und keine der etablierten Parteien der Bundesrepublik, keiner der führenden Politiker hier, die sich selbst gern Realisten nennen, hat eine realistische Vorstellung davon, wie dieser westöstliche Teufelskreis aus Mißtrauen, Drohung und Furcht durchbrochen werden kann. Ich sehe nur einen Weg: Raus aus der Nato! – Und raus aus dem Warschauer Pakt! Und da ich nun im Westen lebe, sage ich diesen einen einseitigen Satz: Raus aus der Nato! Die BRD muß abrüsten – und sei es auf eigene Faust. Ja, ich bilde mir ein, daß die einseitige Abrüstung so enorme materielle und moralische Kräfte in den westlichen Gesellschaften freisetzen würde, daß die Völker auf der östlichen Seite ermutigt würden, sich gegen ihren schlimmsten Feind zu erheben, den im eigenen Land.

»Ich stehe nicht zur Verfügung, denn ich muß ja fürchten, daß ich dann als Soldat der Nationalen Volksarmee nach Polen einmarschieren muß.« Diesen Satz, für den man in der DDR ins Gefängnis gesteckt wird, sagte dieser Tage ein junger Mann in Jena bei der Musterung. Und wer hier in der Bundesrepublik Zivildienst bei Behinderten leistet, der tut ja damit zweifach Gutes: Er hilft nicht nur der Menschheit, sondern auch einzelnen Menschen.

Wenn ich nun aber für Abrüstung in der Bundesrepublik plädiere, muß ich darum doch nicht die Lüge oder den Irrtum verbreiten, die Sowjetunion betreibe eine Friedenspolitik. Auch aus taktischen Gründen wäre das ungeschickt, denn die sogenannten einfachen Leute – und nur sie können gemeinsam das Blatt zum Guten wenden – sind nicht so blöd. Der sogenannte Mann auf der Straße ist nicht so dumm, wie solche Taktiker schlau sein wollen. Brecht schrieb: »Die Oberen reden von Frieden – kleiner Mann, mache dein Testament!« Reagan quasselt auch dauernd vom Frieden – wie aus einem Drehbuch, das er nicht versteht. Und der Vogel, den Breschnjew im Gehirnkäfig hat, den hält er selbst natürlich für eine Friedenstaube.

Auch Hitler sang in der Ouvertüre zum Zweiten Weltkrieg die Friedensarie. Und in der Tat wollen ja alle großen Kriegsverbrecher im tiefsten Grunde ihres Plattkopfes nichts anderes als Frieden. Frieden – den sie meinen. Und der Weg zu solchem Frieden ist eben in der Regel ein Krieg. Mit dem Mut, mit der wilden Entschlossenheit begründeter Verzweiflung muß die Menschheit diesen Teufelskreis durchbrechen.
Seit Beginn des Rüstungswettlaufs hören wir die Begleitmusik der Abrüstungsverhandlungen. Dennoch gab es bisher weder im Osten noch im Westen auch nur einen einzigen Akt verwirklichter Abrüstung. Die angehäuften ABC-Waffen reichen aus, die ganze Menschheit tausendmal zu vernichten. Die Supermächte sind nicht bis an die Zähne bewaffnet, sondern sind bis hoch ins Gehirn vollgestopft. Ausgerechnet ihnen die Rettung der Menschheit vor Selbstvernichtung anzuvertrauen, das ist wirklich so, als ob wir die Rauschgift-Großhändler beauftragten, den Drogenmißbrauch zu bekämpfen. Ich sehe nur eine reale Chance zur Abrüstung: den großen Ungehorsam der Soldaten gegen ihre eigenen Offiziere, das größte Mißtrauen der Völker gegen ihre Regierungen – die ja offenbar ohne diesen Druck von unten nicht rauskommen aus dem Karussell des Verderbens. Und deshalb ist für mich die Friedensbewegung in der Bundesrepublik eine Hoffnung.
Ja, einseitige Abrüstung! Konkret für die BRD heißt das auch: Weg mit den amerikanischen Truppen und ihren Atomwaffen von deutschem Boden! Ich halte den Kanzler der Bundesrepublik nicht für den Mann, der das betreiben will – oder kann. In peinlicher Anlehnung an Otto Fürst von Bismarck, den »Eisernen Kanzler«, läßt unser Atomkanzler sich den Lotsen nennen, der an Bord bleiben müsse . . ., na dann, liebe Freunde, zieht schon mal die Schwimmwesten an! Denn unser Lotse steuert, wenn auch gelegentlich widerwillig, den amerikanischen Flugzeugträger mit dem Namen »Bundesrepublik Deutschland« auf Kollisionskurs. Und was ist mit seinen linken Widersachern in der SPD-Spitze? Willy Brandt, die ehrliche Haut ohne Knochen, er versucht, das Tempo der Nato-Aufrüstung zu verlangsamen, indem er nach gelegentlichen Moskau-Besuchen beteuert, daß die UdSSR weder so hochgerüstet noch so kriegsgefährlich sei – wie sie doch aber ist! Sozialdemokratischen Friedenspolitikern erscheint jegliche Destabilisierung der Nato wie des Warschauer Pakts als eine Kriegsgefahr. Mir ganz und gar nicht.
Breschnjew und Genossen haben nicht die Fähigkeit, Reagan

und Weinberger und Haig haben offenbar nicht einmal den Willen zur Abrüstung. Ronald Reagan und Leonid Breschnjew – ihre vernagelten Köpfe schmücken die beiden Seiten ein und derselben falschen Münze, für die sich die Menschheit keinen Frieden kaufen kann.
Ich sehe keinen anderen Weg zum Frieden als die einseitige bedingungslose Abrüstung. Was die Arbeiter jetzt in Polen betreiben, das ist auch eine Tat für den Frieden in Europa.

Bei Gelegenheit der jüngsten Kriegsmanöver des Warschauer Pakts auf dem Territorium Polens wurde eine verblüffend lehrreiche und unkonventionelle Form der Abrüstung erzwungen. Die sowjetischen Truppen, die dort beim widerborstigen Bruder die Okkupation trainierten, haben bei ihrem ungebetenen Besuch eine große Anzahl Kampfpanzer der polnischen Armee kampfunfähig gemacht: Sie bauten zentrale Aggregate aus. Als mich diese Nachricht aus Polen erreichte, war ich im ersten Moment wie gelähmt vor Empörung. Inzwischen beurteile ich diesen Vorgang anders. Falls die Paktbrüder aus der DDR und aus der UdSSR doch noch einmarschieren, wird sich das polnische Volk sowieso mit grundsätzlich anderen Waffen wirkungsvoller verteidigen als mit Panzern. Andererseits ist aber die Zerstörung von modernen Panzern eine wenn auch verquere und unfreiwillige Form realer Abrüstung. Brecht schrieb: General, dein Tank ist ein starker Wagen. Er bricht einen Wald nieder und zermalmt hundert Menschen. Aber er hat einen Fehler: Er braucht einen Fahrer.
Wenn erst der russische Fahrer und der amerikanische Pilot so unzuverlässig sein werden, wie ihre polnischen Kollegen heute schon sind, dann haben wir Grund zur Hoffnung auf Frieden.
Meine Analyse klingt realitätsfern. Meine Vorschläge erscheinen blauäugig. Aber wir müssen wie die Kinder reden, wenn wir überleben wollen. Die Blauäugigen waren es seit je, die neue Wege fanden, nicht die Verblendeten.

[1] Veröffentlicht im STERN, vor dem Putsch in Polen.

Die Löcher im Käse

Im Osten werden sie nach Plan der Parteileitung von Hand, unter Aufsicht des Stasi, gebohrt. Das geht auch anderen aus dem Osten so, das ist unsere Hauptschwierigkeit mit der Presse im Westen. Wenn ein herabsetzender, giftiger, verlogener Artikel gegen einen von uns erscheint, und sogar wenn es ein Artikel mit allzu begründeter Kritik ist, reagieren Leute wie ich sehr östlich. Es ist dann nicht irgendein ödes Arschloch, das sich in der Redaktion überkeck profilieren will, es ist kein ehrlich und anders denkender Mensch, der zudem allzu begründet einen von uns anknallt, es kann nach dem eingeschliffenen Ostklischee nur der allerletzte Vollzugsbeamte eines ideologischen Vernichtungsfeldzuges sein.
Das soll nicht heißen, daß nicht auch im Westen sich Interessen von Gruppen und Klassen brutal in den Massenmedien zur Wirkung bringen. Aber es wird weniger »gemacht«, es »passiert« mehr. Die östliche Mechanik der Meinungsmaschinerie ist keine gute Schule für den westlichen Meinungsmarkt. Oder bin ich nach 5 Jahren immer noch zu neu hier? Erweist sich bei noch näherem Hinsehn etwa, daß auch im Westen die Löcher in den Käse gebohrt werden?

Von den schön schlechten Zeiten

Als es uns schlechter ging
  ging es uns besser.
Seit es uns besser geht
  geht es uns schlecht.
Ach, wenn die Unterdrückung feiner wird
  – wie soll man sich da wehren?

3. Kapitel:
A Paris

Denk ich an Deutschland in der Nacht,
Dann bin ich um den Schlaf gebracht,
Ich kann nicht mehr die Augen schließen,
Und meine heißen Tränen fließen.
Heinrich Heine

Kaminfeuer in Paris

Kaminfeuer in Paris

Mit neuen Freunden saß ich die Nacht
am Kaminfeuer in Paris
wir tranken vom Beaujolais Nouveau
und sangen »Le temps des cerises«.

Sie erzählten von der Commune de Paris
und viel vom Pariser Mai.
Ich trank mein' Wein und hörte zu
und dachte an Deutschland dabei.

Ja, ich dachte an Deutschland in der Nacht
und stocherte in der Asche.
Doch wer behauptet, ich hätte geweint
der lügt sich was in die Tasche!

Auf dem Friedhof am Montmartre
Auf dem Friedhof am Montmartre weint sich
aus der Winter-Himmel und ich sprang mit dünnen Schuhen über
Pfützen, darin schwimmen Kippen die sich langsam öffnen, Kötel
von Pariser Hunden und ich hatte nasse Füße
und ich hatte nasse Füße als ich Heines Grab ge-
funden.
Singe mal: „Der Knecht singt gern ein Freiheitslied
Des abends in der Schänke ...“

Auf dem Friedhof am Montmartre

Auf dem Friedhof am Montmartre
Weint sich aus der Winterhimmel
Und ich spring mit dünnen Schuhen
Über Pfützen, darin schwimmen
Kippen, die sich langsam öffnen
Kötel von Pariser Hunden
Und so hatt' ich nasse Füße
Als ich Heines Grab gefunden.

Unter weißem Marmor frieren
Im Exil seine Gebeine
Mit ihm liegt da Frau Mathilde
Und so friert er nicht alleine.
Doch sie heißt nicht mehr Mathilde
Eingemeißelt in dem Steine
Steht da groß sein großer Name
Und darunter bloß: FRAU HEINE

Und im Kriege, als die Deutschen
An das Hakenkreuz die Seine-
Stadt genagelt hatten, störte
Sie der Name HENRI HEINE!
Und ich weiß nicht wie, ich weiß nur
Das: er wurde weggemacht
Und wurd wieder angeschrieben
Von Franzosen manche Nacht.

Auf dem Friedhof am Montmartre
Weint sich aus der Winterhimmel
Und ich sprang mit dünnen Schuhen
Über Pfützen, darin schwimmen
Kippen, die sich langsam öffnen
Kötel von Pariser Hunden
Und ich hatte nasse Füße
Als ich Heines Grab gefunden.

A Paris

FREIHEIT – GLEICHHEIT – diese guten
Worte – und FRATERNITÉ
Kannst du lesen, eingemeißelt
Groß an jedem Hundestein
In der schönen Stadt Paris.
Wie ich schon im Stillen ahnte
Kriegst du von den drei berühmten
Revolutionären Früchten
– hast du nicht genügend Kleingeld –
Weder das, noch das, noch dies

Denn die Reichen an der Seine
Auf der Insel Île Saint-Louis
Sind armselig wie in Hambourg
Doch sie sind noch reicher als die
Schnösel an der Alster, als die
Fischköpfe in Pöseldorf

Arme Leute sind hier ärmer
Als bei uns in Altona –
Ich bin neu und kenn noch wenig
– aber soviel ist schon klar:
All die scharfen Fleischerhunde
Die so gern »Den Letzten« beißen
Führen hier kein Hundeleben
Denn hier gibts noch viel mehr »Letzte«
Denen sie gleich mit der Hose
Auch das Fleisch vom Knochen reißen:
Mietenwucher und Maloche
Inflation und Rassenhaß
Und die Flics sind auch nur Menschen
– wie die Bulln – verstehn kein' Spaß

Dennoch, lieben Freunde, leb ich
Erstmal gern hier in der Fremde
Wo kein Aas sich um mich schert.
Und ich bleibe, bis das Heimweh
Nach den zweigeteilten Deutschen
Größer wird als das Vergnügen

Als das kindliche Vergnügen
Endlich mal verschont zu sein
Von den *allzu penetranten*
Ungeteilten Schweinepriestern
Heimatlichen Ignoranten
Endlich mal verschont von all den
Linksgetünchten Pressetrotteln
Die, anstatt mich dumm zu loben
Jetzt noch dümmer an mir zotteln
Endlich mal in Ruh gelassen
Von den frechen Ablaßhändlern
In der bundesdeutschen Linken
Die vor Selbstmitleid und Selbsthaß
Schon wie ihre Feinde stinken
Die von Taten träge träumen
Und vom Leben wenig wissen
– außer, daß sie gegenseitig
Sich bescheißen und bepissen

Heute morgen ist Paris für
Meine Augen eine Landschaft
Blauer Himmel, über den sich
Hoch die Federwolken fächern
Und ein kurzer Sommerregen
Hat die Stadt schön blank gewaschen
Und schon dampft der Regen wieder
Himmelwärts von Schieferdächern
Ein Clochard pennt auf 'ner Zeitung
Neben sich zwei Literflaschen
– eine voll – so, wie Touristen
Ihn für einen Schnappschuß brauchen
Von dem Dachsims der Sorbonne
Fliegt ein Schwarm blau-grauer Ratten
Auf und flattert hin zum Frühstück
Im Jardin du Luxembourg

Und ich geh kurz um die Ecke
In den kleinen Bäckerladen
Für zwei Francs gibts 'ne Baguette
Und dann weiter um die Ecke
Und schon mal ins Brot reinbeißen
Bei dem alten Zeitungshändler
Buchstabiere ich die Headline:

WALESA: JE N'AI PAS PEUR!
Noch ist Polen nicht verloren
(Wem? – das frag ich lieber nicht)
Und den Panzern noch nicht offen
Und so geht das große Zittern
Weiter – wie das Hoffen.

Wenn die Neue Zeit mal nicht mehr
Bloß auf roten Pappen steht
Wenn es eines wirklich schönen
Tages drüben besser geht
– du, dann wirds mir hier im Westen
Sehr gemischt und elend gehn
Wie so viele, die von drüben
Kamen, werd ich alt aussehn
– alt und froh. Ich werde stammeln:
Das, wofür ich dort gestritten,
Jetzt wirds Wahrheit? Ja, ich habe
All das nicht umsonst gelitten
Meine Leute sind das, die da
Jetzt in Leipzig und in Dresden
Ungeniert die Wahrheit sagen
Und das sind auch meine alten
Treuen Feinde, die jetzt zittern
– denen gehts jetzt an den Kragen!

Meine alten Lieder werd ich
Wieder üben, Reden schwingen
Im Jardin du Luxembourg
– und Garance an meiner Seite
Schweigt dazu und lächelt traurig
Und dann sagt sie: Du hast immer
Noch die fade deutsche rosa-
Rote Brauselimonade
In den Adern – dabei trinkst du
Guten Rotwein – malgré tout
Wirst du kein Franzose – schade!
Weißt du es noch nicht, mein Lieber?
Willst du es denn nie kapieren:
Nach dem Sturm auf die Bastille
Wo die kleinen Leut krepieren
Nach dem Fest kommt unerbittlich
Wieder Alltag. Und das Brot

Kommt nun mal vom Bäcker – und es
Kommt von keinem noch so edlen
Radikalen Schlagetot.

Und ich werde bitter sagen:
Geh, Garance, geh Tauben füttern!
Niemals wirst du mich verstehn
Und ich kanns dir nicht erklären

Und ich werd nach oben gehn
Meinen leeren Schrank ausleeren
Mit Pariser Luft im Koffer
Werd ich dann nach Hause fahren
Rüber! in die DDR
An der Grenze – pas de problème –
Durch! klar, ohne Paßkontrolle!

Und ich werde wie besoffen
Durch vertraute Straßen rennen
Aber keiner wird mich kennen
Keiner kann sich groß erinnern
Und kein Schwanz kann mich noch brauchen
Und dann bin ich ganz am Ziel
Dann beginnt erst mein Exil.

Le Temps des Cerises – Zeit der Kirschen – ein Lied, eine Rede, ein Brief

1
Und singen wir dann die Süßkirschenzeit
Frau Nachtigall weint, die Spottdrossel lacht.
– die Feier wird fröhlich sein
Die Schönen, sie werden so schön verdreht
Den Liebenden steht der Sonnengott bei
So singen wir dann die Süßkirschenzeit
Begleitet von Drosselspötterei

2
Versäumt nicht die Zeit, sie dauert bloß kurz
Die Pärchen ziehn los und pflücken verträumt
Kirschbommeln für übers Ohr
Die Kirschen der Liebe – ihr Kleid, so rot ist das
Und fallen ins Gras wie Tropfen von Blut
Die Kirschenzeit kommt, sie dauert bloß kurz
Und tut mir zu weh und viel zu gut

3
Geratet ihr in die Kirschenzeit rein
Und peinigt euch Furcht vor Herzeleid, ach
Dann flieht vor den schönen Fraun
Doch umhaun soll mich niemals nicht keine Furcht
Ich weiß was mir blüht, bleib dennoch beherzt!
Geratet ihr in die Kirschenzeit rein
Dann merkt ihr wie schön die Liebe schmerzt

4
Auf immer bleibt mir die Kirschenzeit lieb
Auch wenn mir davon im Herz stecken blieb
Die Wunde, die nie mehr heilt
Und immer auch wenn Frau Fortuna weilt
An meiner Seit – der Schmerz kam mit ihr!
Auf immer bleibt mir die Kirschenzeit lieb
Und was von ihr blieb, brennt tief in mir

(Aus dem Französischen)

Kleine Rede für den 19. März 81 in Paris

Deswegen bin ich hier: ich wünsche Herrn Mitterrand und seinen Sozialisten das Allerbeste, ich wünsche ihnen, daß es eines Tages eine Kommunistische Partei gibt in Frankreich. Es gibt hier keine, Sie wissen es. Und in dem Land, aus dem ich komme, gibt es nicht einmal eine Sozialistische Partei. Aber es gibt eine Menge Sozialisten, Willy Brandt ist wohl einer davon. Und es gibt vereinzelt Kommunisten, ich bin einer davon. Wir alle sind ja Nachfahren der blutigen Jakobiner, Enkel sind wir der verbluteten Kommunarden. Aber unsere Zerrissenheit ist wie eine chronische Krankheit, und die Bessern unter uns sind zerrissen auch in der eigenen Brust. Dagegen funktioniert bestens die Liaison Dangereuse zwischen Schmidt und Giscard. Und es funktioniert auch die Liaison Dangereuse der verfeindeten Supermächte Ost und West. Die Herrschenden im Westen kämpfen, wie ich höre, immerzu für die Freiheit, ihre Gegenspieler im Osten für den Frieden. Dabei unterdrücken beide in aller Offenheit, machen kleinere Kriege und bereiten den großen Krieg vor.

In solcher Zeit hoffe ich auf politische Kräfte, die Europa aus dem zynischen Spiel der Großmächte herauslösen. Die Linken in Frankreich haben wieder einmal eine Chance – die Geschichte hat offenbar große Nachsicht und große Geduld mit uns Idioten. Ich habe vor vier Jahren hier in Paris als Zaungast erlebt, wie die Einheitsfront der Linken kurz vor den Wahlen zerbrochen wurde von innen.

Es gibt tiefe unterirdische Strömungen im Geschichtsprozeß. 1968 Prag und Paris. Inzwischen sind wir 12 Jahre weiter auf dem falschen Weg. Und haben nun wieder eine reale Möglichkeit für eine Wende. Mitten in dieser Eiszeit sind in Polen die Kirschen reif geworden. Le temps des cerises polonaises. Die Zeit der Kirschen, die Rote Zeit, Zeit der Revolution und Zeit der Liebe. Ich habe das große Lied der Pariser Commune in diesen Tagen in mein störrisches Deutsch gebracht. Im Moment brauchts vielleicht keiner, aber man muß auch auf Vorrat arbeiten.

Brief an die DDR-Dichterin Helga M. Novak, die jetzt in Westberlin lebt.

liebe Helga, du weißt, in Frankreich wird mal wieder der neue Präsident gewählt. Es gibt wieder allerhand Kandidaten, aber für unsereins nur eine realistische Alternative: der kalte François Mitterrand. Mit ihrem schäbigen Georges Marchais haben die Kommunisten zum Glück kein Glück. Stell dir vor! die KPF geht nun beim Lumpenproletariat und bei den Lumpen der Petite Bourgeoisie auf Stimmenfang. Die KP mobilisiert den Haß der geistig Armen gegen die ärmsten Menschen in Frankreich, gegen die Araber, gegen die Farbigen aus den alten Kolonien, gegen die »Gastarbeiter«. Um Wähler zu gewinnen, machen sie in Rassismus und Nationalismus. Und Genossen der KPF, die das öffentlich kritisierten, werden ausgeschlossen. Ja, es ist ein Glück für die Franzosen, daß solche antistalinistischen Stalinisten wie Marchais keinen Fuß aufn Boden kriegen. Aber es ist auch ein Unglück für dieses Volk, daß ihm dieser Giscard auf dem Halse reitet. Und nun könnte es diesen Herrenreiter abwerfen – und dazu wollte ich mich ein bißchen nützlich machen. Die Sozialistische Partei hat für ihren Mitterrand eine Art Welt-Meeting von Künstlern und Schriftstellern, Philosophen und anderen Eierköppen in Paris veranstaltet. Ich hab die Einladung angenommen, weil ich bei dieser Gelegenheit den François Mitterrand öffentlich fragen konnte, ob er nach einem Wahlsieg sozialistische oder nur sozialdemokratische Politik machen werde ... ich wollte ihn im Beisein soviel wacher Leute daran erinnern, wo wir schließlich alle herkommen und wo wir eigentlich hinwollten. Und deshalb sang ich dort das große Lied der Pariser Commune von 1871, Le Temps des Cerises – in deutscher Sprache! Seit über 20 Jahren kenne ich dieses wunderbare Lied, seit vielleicht 15 Jahren habe ich immer wieder versucht, es in ein singbares Deutsch zu bringen. Jetzt, endlich, scheint es mir gelungen zu sein, gerade rechtzeitig zur Kirschernte in Polen. Le Temps des Cerises! Aber wer diese Kirschen ernten und essen wird, ob diese Ernte wiedermal verderben muß, das ist all unser Fürchten und Hoffen.
Ich sang also in dieser riesigen Betonhalle in Paris das Lied erst in Französisch, dann stellte ich Monsieur Mitterrand die rote Gretchenfrage, dann verlas mein Freund Jean-Pierre Hammer meine kleine Rede – und dann sang ich den Franzosen ihr

Lied in meiner Sprache – das war schön, Du hättest dabeisein sollen, es hätte Dein Herz gefreut. Ich denke manchmal an Dein Gedicht »Einem Funktionär ins Poesiealbum« – es endet ja mit der Gretchenfrage »Wem gehört eigentlich das Volkseigentum?!« – Du hast das schon 1956 geschrieben, und heute wird diese schlimme Frage radikal auf Polnisch diskutiert. Und ich denke an Dein neueres Gedicht »Deserteur aus Polen«, das alle Aussicht hat, schneller zu veralten als das ältere. The times are changing – aber in welche Richtung, das wird demnächst in Frankreich mitentschieden.
Pfingsten werde ich wieder im Rahmen der »Volksuniversität« in Westberlin auftreten. Aber das soll kein Konzert werden. Es wird ein Abend unter dem Titel: Wie macht man Lieder. Dieses majakowskische Thema kann interessant werden. Natürlich weiß auch ich nicht, wie Lieder gemacht werden ... aber ich habe im Laufe der Jahre einiges rausgekriegt, wovon ich an diesem Abend singen und sagen will. Über das Verhältnis von Musik und Text, über Refrain-Techniken, über den Unterschied von Wahrheit und Wahrhaftigkeit in Liedern, über den Transport fremder Lieder in die eigene Sprache, über die Gratisgeschenke der Musen an einen Realisten, kurz, über allerhand Dummheit und über die Dialektik der Liedermacherei. Wenn Du also Pfingsten in Berlin bist, mußt Du unbedingt diesen Abend dabeisein. Kauf Dir aber bloß keine Karte, ich mogel Dich leicht mit rein.

Sei herzlich gegrüßt und umarmt

Dein Wolf

Hamburg, 29. März 81

Glückliche Liebe

(nach Louis Aragon)

Die Kraft nicht noch die Schwäche
Nichts hat der Mensch auf Dauer
Sein Herz verblüht, und breitet
Er dann die Arme aus
Kommt dabei an der Mauer
Ein Kreuz als Schatten raus
Er lebt sein Leben hin
Kaum krallt er sich sein Glück
Schon hat er es erwürgt
Verlust ist sein Gewinn
  – glückliche Liebe, die gibts nie

Ich bin wie du, wir sind ja
Soldaten ohne Waffen
Für solch ein Leben hat mich
Meine Mutter nicht gemacht
– wozu noch morgens aufstehn
Mein Tag ist finstre Nacht
Und kommt je wieder Licht
Wird sichtbar was wir sind:
Ein Häufchen Elend nur –
Mein Leben, wein' man nicht
  – glückliche Liebe, die gibts nie

Mein Vögelchen, mein Liebchen
Du, meine offne Wunde
Dein Flügel ist zerbrochen und
So trag ich dich in mir
Die Leut sehn mich vorbeigehn
Und wissen nichts von dir
Mein Vögelchen, die Leute
Ach, als dein Auge brach
Da prägte ich dies Wort
– nun plappern sie es nach:
  Glückliche Liebe, die gibts nie

Und kaum hab ich das Leben
Gelernt, schon ists vorüber
Ein Weinen hat für eine Nacht
Die Seelen uns vereint

Schwer wird ein süßes Beben
Bezahlt mit Herzeleid
Es braucht so viel Gestöhne
Für'n kleines Menschenlied!
Viel zu viel Leid geschieht
Für'n paar Gitarrentöne
– glückliche Liebe, die gibts nie

Tout le monde

tanzt in den Straßen, weil Mitterrand es geschafft hat. Halb Paris ist auf den Beinen und kommt sich vor wie ganz Paris. Die andere Hälfte aber steht starr hinter den Gardinen, wie überrumpelt, auch tout le monde. Über der Stadt Sacre Cœur, das steinerne Dankgebet der Sieger von 1871. Sacre Cœur, der bleiche Jubelpimmel der Bourgeoisie, nun hängt er schlaff über Paris. Aber die da oben hinter den Gardinen wissen: noch ist nicht aller ihrer Tage Abend. Und die da auf dem Pflaster tanzen, wissen: noch ist nicht aller Nächte Morgen. Auch der neue Präsident wird mit bürgerlichem Wasser kochen – kein Grund also für besoffene Hoffnung, kein Grund für besoffene Ängste. Soll ich deshalb mit schiefem deutschen Maul danebenstehn?

Die Mainacht (1981, als Mitterand es schaffte zum President)
Dm Gm Dm
Dm Gm Dm
Und als ich die Mai-Nacht ins Ge-wimmel
C7
am Boulevard St. Ger-main ge-
F F7 D
riet da hatte das Volk von Pa-
Gm E7 A7
ris seinen Himmel da tanzte das Pack den Bal de Paris Drei
Dm A Dm C7
Blasmusikanten machten ein' los, drei Lumpengötter des
F F7 D7
fröhlichen Balls sie bliesen uns immer das
Gm E7 A7
gleiche Stück und die Seele sich aus dem Hals

Die Mainacht

1
Und als ich die Mainacht ins Gewimmel
Am Boulevard Saint-Germain geriet
Da hatte das Volk von Paris seinen Himmel
Da tanzte das Pack den Bal de Paris
Drei Blasmusikanten machten ein' los
Drei Lumpengötter des fröhlichen Balls
Sie bliesen uns immer das gleiche Stück
Und die Seele sich aus dem Hals

2
Sie spielten schön, sie bliesen falsch
Sie spielten so falsch und so schön
Und drumherum 'ne Menschheit – du, nie
Hab ich so Menschen gesehn!
Wir hüpften in Schlangen wie Kinder los
Und rammelten durch das Gedränge
Und rissen mit rein: Bein, Bein, Bein und Bein
Schon tanzt und tanzt die Menge

3
Das singt und springt und juckelt los
Und jauchzt und japst und hechelt
Und schwitzt und keucht und kreischt und lacht
Und staunt und weint – und lächelt
Ich pack ein Mädchen, mich packt ein Kerl
Wir stampfen im Ringelreihn
Und dieser Mann! der Mann fühlt sich an
Wie tot. Der war aus Stein

4
Wir drehn! und drehn! und ich dreh durch
Heiß macht das! heiß und kalt
Denn wo er hintrat, da schießen hoch
Die Rosen aus dem Asphalt
Ja, Rosen! Rosen, und ich reiß
Mir eine vom Rinnstein los
– da war meine Hand von Blut ganz schwarz
Woher kommt das Blut denn bloß!

5
Am nächsten Mittag schlenderte ich
Übern Saint-Germain-Boulevard
Und als ich an unsre Stelle kam
Da traf ich ihn wieder – na klar:
Groß, oben auf seinem Sockel stand
Danton – der Kerl! – Danton
Und auf seinem Haupt zwei Ratten der Luft
Die flatterten auf – und davon

6
Jetzt weiß ich auch, wo das Rot herkam
Der Saft von der Guillotine
Und unter dem Pflaster suppt ja noch
Das Blut der Pariser Commune
Mir tun meine Backen ganz schön weh
Und jetzt weiß ich auch warum:
Ich hab ja gelächelt die lange Nacht
Gelächelt so selig und dumm

7
Ja, als ich die Mainacht ins Gewimmel
Am Boulevard Saint-Germain geriet
Da hatte das Volk von Paris seinen Himmel
Da tanzten wir unsern Bal de Paris
Sie haben alle gelächelt da
In dieser Mainacht im Mai
– und gar nicht so dumm!
Und wer das nicht glaubt
– ich war ja selbst dabei

Logik des Exils

Es gibt eine vertrackte, eine unlogische Logik des Exils. Die Exilierten leiden in der Fremde wie eh und je an den Leiden ihres Landes. Wenn es aber eines wirklich schönen Tages besser wird in ihrem Heimatland, geht es den Exilierten eher noch schlechter, und das dürfen sie nicht einmal sich selbst eingestehn.

So etwas kommt gelegentlich vor: Es ist besser geworden zu Haus, die verhaßte Diktatur irgendeines uniformierten Packs ist zusammengebrochen – aber in der Regel eben doch ohne das Zutun des abgeschlagenen Landeskinds, das zusammen mit seinen Schicksalsgenossen aus irgendeiner Fremde immer fremder in das verlassene Land gestarrt hatte. Nehmen wir an, eine Veränderung zum Besseren ist gelungen oder sogar eine radikale Umwälzung, an der der Exilierte Anteil nimmt, aber wenig Anteil hat. Und das macht die heillose Zerrissenheit des Exilierten aus: sein politischer Verstand muß in ihm wünschen, daß die Zustände aus den Angeln gehoben werden, die das Exil erzwungen hatten. Aber es wünscht in dem Exilierten zugleich von Herzen und heimlich, daß die Zustände zuhaus schlecht bleiben und schlechter werden.

So geht es auch mit mir, wie mit vielen aus den östlichen Ländern. Als in Polen endlich endlich das Volk, »der große Lümmel« sich reckte, da rannte ich gegen diese vertrackte Logik des Herzens an und schrieb das Lied von den Störchen, die endlos ihre Kurven über den Masurischen Seen ziehn. Ja, der Abgeschlagene redet kindlich von dem Wenigen, was er noch weiß von damals, von vor der Revolution, damals, als die Zustände noch nicht in Fluß geraten waren, als das Elend noch ewig dauerte, versteinert die Misere, als nichts sich bewegte, nichts, außer eben diese blöden Störche im Licht, in der Finsternis.

Pierre, le Vieux, geruht, es dir zu sagen
(für Pierre et Gison)

Der alte Pierre geruht
(für Gisou Bavoillot)

Das war mal. Und so war das nun mal:
»Ja, ich dich auch . . .« – so sagte ich da.
Ein anderesmal, auch lange vorher
Sagte ich dir: »Aber ja doch, ja . . .«

Heut aber, jetzt und hier
Heute gefällt es mir
    dir zu sagen:
        »Ich liebe dich – nein! –
            ich hab dich lieb«
Heut machts mir Spaß, mein Lieb
Heut kommt das große Wort
    mir von den Lippen
        – heut kann ich das.

Brief aus Paris von der Kunstmesse

ich wiege jetzt fünf Zentner dreißig
die Leute im Westen glauben einem sowieso
nicht die mageren Jahre, die harten Zeiten
der meiste Speck hängt in den Hüften, die
Männer müssen den Weibern auch noch das Weib
machen und obendrauf noch die Emanzipation
aber meinen Stuhl nimmt mir keiner! den
hab ich ergattert auf einer Auktion in Rom
auf jede Kunstausstellung nehm ich den mit
den laß ich mir vor die Bilder rücken, Rom
New York, Tokio, London und immer Paris!
da paß ich rein und kann noch zulegen und
immerzu gegen Morgen träumt mir die Hölle
wie ich als geschwänzter Schlosser im VEB
Elektrokohle Berlin-Lichtenberg schwitzte
wie ein Werkstück geht meine rechte Hand durch
die Fräsmaschine, das Blut wie Kühlflüssigkeit
die Stahlspäne kringeln sich blau vom Block
aber die Leute im Westen glauben einem wie mir
den Osten nicht. der Mensch ändert sich, aber
wer hier weiß das schon. gestern traf ich im
Jardin du Luxembourg den alten Manès Sperber
mit seiner großen Geduld erklärte er mir
daß der Sozialismus nicht geht. Kann nicht
gehn, denn die Expropriation, sagt er,
der Expropriateure bringt dem Arbeiter nix
und er redete mir in den Bauchspeck, ich solle
als Hure der Linken mich im Westen nicht länger
mißbrauchen lassen, ich hab das nicht nötig
nicht bei meinem Talent. Wozu noch länger
dem Pack zum Gaudi den Kommunisten raushängen
lassen! Und fett wie ich bin, ist ja mein Fett
ein Antikommunismus von erdrückender Beweiskraft
der Treuekomplex hat seinen Sitz in den Nieren
– das weiß ich nun, aber wie da noch rankommen?
die Chirurgen haben ein wahnsinnigen Respekt
vor meiner Fülle, Gott! wie da durchkommen?
und finden die Niere! so auch in der Kunst:
die Bilder! wer kommt da noch durch? Könner

gibt es wie Sand am Meer, doch wo ist das Meer? »Die Leute in Foggia sind prima« – das mit Bleistift auf die Rückseite des alten Briefcouverts geschrieben. Rahmen drum! Glas vor! und 60 Tausend Francs für die Galerie Der Dresdener Penck schneidet dem kaputten Beuys die ganze Hand ab. Kunstmarkt oder Fräsmaschine, was gehn mich die Eitelkeiten an? ich wiege jetzt fünf Zentner dreißig.

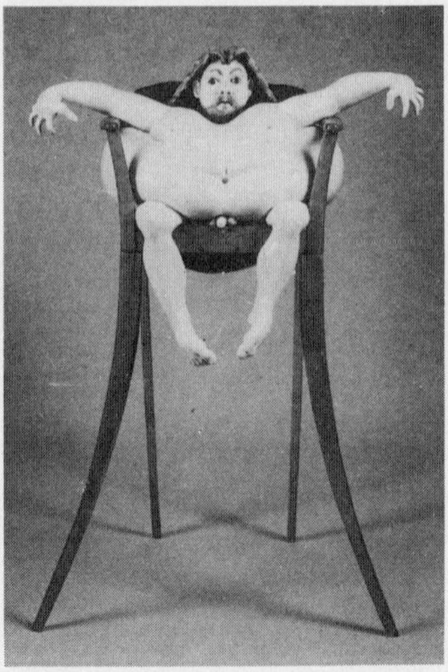

Atahualpa Yupanqui

Der berühmte Linkshandspieler
spielt seine Guitarre. Und das
kannst du von ihm lernen:
Löcher
ja in der Musik die Löcher
sind das Beste, sind das Schwerste
prallgefüllte Pausen bersten
zwischen Ton und Ton. So tiefe
Pausen traut sich nur der
Meister

Und in Argentinien, als sie
Yupanqui gefangen hielten
die Faschisten, da zermalmten
sie mit einer Schreibmaschine
seine rechte Hand ihm, die
zum Greifen

Jetzt, im Süden von Paris
spielt der Alte im Exil
wieder. Und mit neuer Technik
überspielt er die zerschlagnen
Finger
jetzt spielt er die Leere
voller noch, die Pausen bluten
ja, jetzt ist der stille Abgrund
zwischen Ton und Ton
vollendet

Pedro Soler oder Das Leben im Weinberg

Licht Licht flirrt heiß über den Rebstöcken
Trocken! trocken! schreit aus die Krume
Jeder Brocken, jede geschichtete Scheibe
Stein: trocken! trocken und drüber hin
Wettert der catalanische Wind la Tramontane
Drei Tropfen Wasser das Leben, ein Lächeln
Müht durch die Reihn sich den Hang hoch:
Die junge Frau, ah! ihr gebeugter Rücken
Ah! der weite Rock überm Hintern, der weiß
Von begehrlichen Blicken. Die Wurzelhände
Des Alten auch arbeiten ohne Hast ohne Rast
Im Weinberg drei Tropfen Wasser das Leben
Ein Kanten Brot das Leben im Weinberg, die
Kleine Schlucht kerbt sich abwärts wie ein
Bach schießt satteres Grün den Hang herab
Das ist das Feuchte, das ist das Leben im
Berg tränkt der Fels den Feigenbaum und
Das ungeübte Auge findet den Mandelbaum
Den wilden Kirschbaum halb schon zerwohnt
Von Termiten und trägt doch wie nichts seine
Sauren Kostbarkeiten im knalligen Rot und
Abgeschüttelt hat seine Seeigel schon der
Kastanienbaum, wilde Veilchen, alles nimmt
Vom Überfluß. Und sieh: zum Überfluß rinnt
Ein Rinnsal, kühl bersten die Tropfen, zwei
Hände voll Wasser, das ist die kleine Quelle
Mitten hier oben in diesen Trockenheiten!
Und das, das ist der flamenco. Der schwere
Wein, wie ihn die Sonne hier ausbrütet, ist
Anders! was Andres die Feigen, die Kirschen
Was Andres sind die Oliven! auch nicht der
Hintern, und nicht ist flamenco der Nord-
Wind, wie er mit steifkalten Pfoten in die
Sieben Draht-Seiten der neugebauten Hoch-
Spannungsleitung greift: Flamenco ist nicht
Dieser stinkende Ton zwischen Barcelona und
Perpignan, hombre! das ist kein flamenco!
Und nicht die brillanten Wichserein flinker
Finger für die Touristentrupps, nein, da

Wo Durst ist und Schatten, da blüht er; und
Trunken vom heilig-nüchternen Wasser, dann,
Quand tu perds la tramontane, klagt er sich
Aus, es sind die paar Tropfen Leben im Fels
Flamenco quillt aus den guten Händen meines
Freundes Pedro, sogar noch in Wladiwostok im
Kulturhaus vor sibirischen Hitzköpfen sogar
Im Konzertsaal der hanseatischen Fischköpfe
An der Alster in Hamburg und sogar noch im
Kaltschnäuzigen Paris vor übernächtigten
Herzen, in Wien vor den Caféhaus-Athleten
Drei Tropfen Wasser das Leben im Weinberg
Im Weinberg das Leben, der Cante Jondo
flamenco, das ist er, der spanische Blues.

Paco Ibanez

Der eigentlich unpolitische politische Pöbel will nichts vom politischen Künstler, als daß er auf der Bühne aus echten Wunden sich ins Parkett verblute. Für die Politparasiten auf ihren bezahlten Plätzen sind verheilte Wunden keine Attraktion. Sie wollen als wohlfeile Ware vom Künstler die unbedingte Identität von Kunst und Leben, Botschaft ohne Martyrium taugt ihnen nichts, sie verlangen für 10 Mark Eintritt die Identität von Wort und Tat. Sie wollen für 2 Stunden auf der Bühne besichtigen, was sie an sich selbst und lebenslänglich nicht haben. Ihre Nachsicht mit sich selber und ihre Unduldsamkeit gegen den Matador in der politischen Arena, das sind die zwei Seiten derselben falschen Münze.
Waren sie immer nur Zuschauer? immer so verkommen? Nein. Irgendwann mal wollten sie auch den Drachen töten, haben vielleicht auch irgendwann geblutet, aber niemand hats gemerkt, gewürdigt, getröstet. Der Kadaver unglücklicher politischer Liebe fault und stinkt in ihnen. Seit Franco tot ist, ist das Leid der Exilspanier in Frankreich uninteressant. Und die schönen Lieder aus der schlimmen Zeit will keiner mehr hören.

Dionysius Savopoulos oder vom Ost-Ja und vom West-Nein

Mikis Theodorakis, ja, gut! Aber wer kennt schon den großen griechischen Liedermacher Dionysius Savopoulos! In einem Dorf im Pelion-Gebirge besuchte ich ihn. Das war in der Zeit gleich nach meiner Ausbürgerung, als ich von Auftritt zu Auftritt hetzte, politischer Knallfrosch in Westeuropa, Fernsehstudios, schnelle Interviews, open-air-Singerei, Solidaritätskonzerte, Wahlkampf für die spanischen Genossen nach 40 Jahren Faschismus, Auftritt vor 40 Tausend im Fußballstadion in Athen, für eine der beiden verfeindeten KPs in Griechenland. Nach dem Zimmer in der ewigen Chausseestraße 131 die Droge Publikum. Du mußt, sagte mir der Liedermacher, hier im Westen nur ein einziges Wort neu lernen, denn ich sehe, du kennst es noch nicht, das Wort Nein.

Ich war höflich und schwieg, ich war dumm und redete. Jetzt erst und mühsam geht mir das Licht auf in diesem dunklen Satz, langsam lerne ich, daß einer wie ich dieses Wort neu lernen muß: Nein. Nein und Nein. Für einen aus dem Osten ein Fremdwort, ein Herrschaftswort, ein Feindwort. In den östlichen Ländern lernen ja die lebendigeren Menschen, die Empfindsamen und Erfindungsreichen, die Unverzagten alle und immer wieder das Wort Ja. Ja! und Ja. Das Wort Ja muß im Osten verteidigt werden, bittend, drohend, fordernd, listig, verzagt, aber trotzalledem: Ja! Das lebendige Ja gegen das monotone Njet der Obrigkeit.

Romanze

Ach, in Barcelona rauchen
rauchen sich die Kommunisten
krank, die Fraun, die Männer rauchen
rauchen rauchen Zigaretten

Und in der Parteiversammlung
streiten streiten sich Genossen
die einander kaum noch sehen
durch den Qualm zwischen den Köpfen

Und danach sind wir die Rambla
runter – rauf geschlendert wieder
und Octavio, er hustet
und er lächelt halb verlegen

Lobo! sagt er, ach, wir rauchen
nur so viel, weil Don Carillo
abgeschafft hat, was ich wollte:
Revolution in Spanien!

Wenn ich nun nicht mehr zerstören
darf die alte Drecksgesellschaft
will ich wenigstens mich selber
(und er lächelt bös) zerstören

Hölderlin in Bordeaux

So ging das damals: Schwarze nach Amerika. Von dort dann Rohstoffe nach Europa. Von dort dann Industrietinnef nach Afrika. Wie der Dichter sagt: Und kehre, woher ich kam. Ein lohnendes Dreiecksgeschäft. Aber seit der Sklavenhandel ruiniert ist, lange her, mickert das blühende Bordeaux vor sich hin, eine behauste Ruine, die es nicht wahrhaben will.
Eisig saute ein Novemberregen von See in das Hafenviertel. Im schmuddeligen Licht einer Straßenlaterne am Platz de la Bourse trat ein gebeugtes Männel auf mich zu, ein spitznasiger Mensch im abgetragenen, aber gepflegten Tuchmantel. Herzlich willkommen in Bordeaux, herzlich, lieber Herr, und ich werde Ihnen etwas zur Kenntnis bringen, was Sie nicht freuen kann, aber wohl doch von Interesse ist. – Und wer sind Sie, Monsieur? Sie sprechen so gut Deutsch. – Ich bin ja deutsch, und beim deutschen Generalkonsul hier Sekretär. Ein Broterwerb. Aber wer lebt schon vom Eigentlichen. Und so mußte ich einen Brief erledigen, den der Generalkonsul an den Herrn Bundesaußenminister in Bonn persönlich mir in die Feder diktierte. Und darum ja behellige ich Sie, von Ihnen war in dem Brief die Rede und in einer Art, die mir ein Greuel sein muß. Meines Brotgebers eigentlich vorgesetzte Dienststelle ist die Botschaft in Paris. Aber unser Konsul wandte sich direkt nach Bonn, weil er den Herren in Paris nicht traut. Der Inhalt seines Briefes war denn auch so schäbig, daß er durchaus Grund zu fürchten hatte, daß man seine Dummheiten zu den übrigen ablegen würde. Unser Herr General glaubte, seine Obrigkeit in Deutschland warnen zu müssen, ja, vor Ihnen, lieber Herr, vor der vergiftenden Wirkung Ihrer Konzerte hier in Frankreich. Ihre Auftritte würden dem Ansehn und den Interessen der Bundesrepublik in Frankreich eher schaden. Und besonders warnte er davor, Sie in Toulouse auftreten zu lassen, eine Stadt, wie man weiß, in der nicht wenige spanische Kommunisten seit dem Ende des Bürgerkriegs im Exil leben, ein Nest linksextremer Terroristen, die sich gefährlich leicht an jedem Funken entzünden. – So jedenfalls hieß der Konsul mich schreiben, und es sei bezeichnend, daß Sie sich auch schon in der DDR mit zersetzenden Liedern, ja mit destruktiver Mäkelei in einen fruchtlosen Dauerstreit mit der östlichen Regierung und im übrigen zugleich loyal eingelassen hätten. Kurz,

es sei im Interesse Deutschlands geboten, Ihre Umtriebe in Frankreich nicht etwa noch gutgläubig zu begünstigen.
Aus Gründen der Hygiene des Charakters sage ich Ihnen all dies weiter, mehr um meinetwillen. Freilich war ich nur der fest gemietete Schreiber dieses elenden Briefes, und so hat diese Eselei am Ende so wenig mit mir zu schaffen wie ich mit dem Konsul – aber eben doch auch ebensoviel. Und so möchte ich Sie sogleich um Nachsicht bitten für etwas, was eigentlich Schuld nicht genannt werden darf.
Aber ich sorgte mich auch um Sie, lieber Herr. Ich kenne wohl Ihr Lied, in dem es heißt: In diesem Lande leben wir wie Fremdlinge im eigenen Haus ... Ja, und voller Lieb und Hoffnung wachsen seine Musenjünglinge dem Deutschen Volk heran – du siehst sie sieben Jahre später, und sie wandeln wie die Schatten, sind wie ein Feld, das der Feind mit Salz besäte, daß es nimmer einen Grashalm treibt. Und wehe dem, der sie versteht, der in der stürmenden Titanenkraft wie in den Proteuskünsten den Verzweiflungskampf nur sieht, den ihr gestörter schöner Geist mit den Barbaren kämpft, mit denen ers zu tun hat.
– Hölderlin! rief ich, Lieber! Verehrter! Sie sind es, ich erkenne Sie! Und in Bordeaux! Wann war das? 1803 oder 4 oder 5, kurz vor Ihrem furchtbaren Sturz ... Sie sind also damals nicht zurückgekehrt nach Deutschland ... und waren gar nicht dieser arme Holder, der Kranke im Kopf, nicht dieser Unterthänigst Scardanelli beim Tischler in Tübingen überm Neckar im Turm?
Hölderlin! Und Sie sinds wirklich! Und wie viele Ihrer unsterblichen Verse sage ich mir immer und immer her: Hochauf – nicht wahr? – hochauf strebte mein Geist – neue Zeile – aber die Liebe zog schön ihn nieder// das Leid beugt ihn gewaltiger, so – neue Zeile – durchlauf ich des Lebens – neue Zeile – Bogen und kehre, woher ich kam ...
Ja ja, sagte der Mensch, das wird einem zugerechnet. Und dieser alberne Brief, lieber Meister, sagte ich, könnten Sie mir nicht eine Kopie davon zuspielen? Es wäre immerhin ein anschauliches Dokument von den Barbaren, mit denen unsereins zu tun hat. Und der STERN in Hamburg würde das drucken, mit Wonne sogar!
Traurigkalt traf mich da sein Blick, dann schlug der Meister den Mantelkragen hoch und halb im Gehen sagte er: Monsieur, Sie wären also bereit, um eines billigen Aufsehens willen sich immer mal wieder ins Gerede der Welt zu bringen, mich

aber stießen Sie damit in den Ruin der Arbeitslosigkeit. Denn wer anders als ich könnte der schäbige Lieferant dieses schäbigen Briefes gewesen sein. Ich sehe, Monsieur, Sie haben den Westen schrecklich schnell gelernt.
Halb war es Scham, was mich so stumm machte – und was sonst, wie soll ich das wissen? Auch hatte der Sekretär sich längst gegen den Regen gebeugt und war schon verschluckt von der Nacht.

Die Bièvre

1
Wachsen in Frankreich Deutsche Eichen?
Übermächtig, ein morscher Balken
Trägt das verrottete Haus über mir
Balken, der sich in Dreihundert Jahren
Nie keine Handbreit senkte
Eiche! eine von denen, die schon
Kräftig genug warn für'n paar Gehenkte
Als er noch lebte: François Villon
Unter mir deckt ein gummierter Teppich
Milde den fauligen Fußboden zu
In diesem feuchtromantischen Loch
Tief in der Rue des Tanneries
Fühlt' ich sie fließen noch unterm Fuß
Unterm Teppich, unter den Steinen
– die Bièvre, den lieblichen Fluß

2
Bièvre, die Sanfte, geduldige Bièvre
An ihren Ufern kauerten früher
Wäscherinnen, dort, wo des Königs
Gobelin-Manufakturen blühten
Wo sich am schnellen Wasser die Gerber
Mit den fauligen Fellen abmühten
Lag ich die lange Novembernacht
Ratten pfiffen in meiner Brust
Haben ihr Lied mir beigebracht
Blutig von Kalbsfellen träumte mir
Sah meinen Sohn tot zwischen den Häuten
Schwimmen im Bottich – ein Schrei! und Schluß
Mit diesen Träumen! laß sie doch fließen
– die Bièvre, den lieblichen Fluß

3
Bièvre, die Bièvre, mißhandelte Schöne
Schlägt sich durch, lebendig begraben
Kriegt keine Luft, die Irre und will
Altmodisch wild romantisch mich haben

Hat mich. Preßt sich durch Mauerwerk
Matscht unter meiner Matratze hin
Grabscht nach meiner röchelnden Brust
Hexe! die will mich runterziehn!
Ratten pfeifen das Hochzeitslied
Tanzen in meinem Rippenhaus
Ich krall am nassen Kissen fest
Und huste mir die Gedärme raus
Laß man! sagt sie, mach! gib mir 'n Kuß!
Dann laß ich los, ich bin ja so lieb
– die Bièvre, der liebliche Fluß

4

Unter dem Pflaster mischen sich ihre
Wasser mit Abwässern widerlich
Da, wo die Häuser matt unter sich
Wegmachen, trottet der kranke Fluß
Durch das verrottete Röhrengewirr
Preßt sich durch Bronchien aus Beton
Sickert durch Trümmer verflossener Zeiten
Unter dem Asphalt quer durch Paris
Kreuzt den Boulevard Saint-Germain und kriecht
Unter dem Fuß des neu'n Präsidenten
Durch! und ergießt sich endlich! endlich ins
Offene: rein in die Seine. Darum ja bin ich
Hier. Das eben will ja und muß
Ich lernen: ins Offene und geräuschlos leben
– so wie die Bièvre, der elende Fluß

In Strasbourg auf der Brück

Die zehn Rekruten, wie jung die sind! les conscrits français, wie jung! die blutjungen Soldaten, wie blutjung! die zehn weißen Gesichtchen wachsen oben raus aus der dunklen Kampfuniform. Zehn kleine kräftige Mordmaschinen mit Kindskopf drauf, in Strasbourg auf der Brück, zehn bleichgesichtige kleine Negerlein, eine zehnfache militärische Kinderschändung stiefelt da vor meinen Augen in Straßburg über die Brücke. Da warn es nur noch Neun. Da warn es nur noch Acht. Da warn es nur noch Sieben. So alt bin ich also geworden. Ach, so jung, so überjung kamen mir noch im Osten solche Kinder in Uniform nicht vor. So alt, in den paar Westjahren, bin ich geworden.

Die Seine [le pont Mirabeau]

Die Seine

(nach Apollinaire: »Le Pont Mirabeau«)

Die Seine unter der Brücke Pont Mirabeau, die Seine
Und wie wir uns liebten
Was soll's, daß ich wieder dran denke
Wie das Vergnügen kam, immer uns, ach! nach dem Schmerz

Bricht ein die Nacht, schlägt drein die Stunde
Die Tage, sie fliehn. Ich bleibe

Aug in Aug, so verharrten wir, Hand in Hand
Unterdes flossen dahin
Unter der Brücke aus Arm und Arm uns
Die Wasser! und müd von den ewigen Blicken

Bricht ein die Nacht, schlägt drein die Stunde
Die Tage, sie fliehn. Ich bleibe

So auch die Liebe, sie flieht wie das fließende Wasser
So auch die Liebe
Und wie träge verrinnt das Leben
Die Hoffnung, wie überheftig noch immer!

Bricht ein die Nacht, schlägt drein die Stunde
Die Tage, sie fliehn. Ich bleibe

Die Seine unter der Brücke Pont Mirabeau, die Seine
Nie alte Zeiten nicht
Noch alte Lieben kehren je wieder
Geht hin, ihr Tage, ihr Monde geht hin

Bricht ein die Nacht, schlägt drein die Stunde
Die Tage, sie fliehn. Ich bleibe

Fingernagel, überlebensgroß

diese altmodischen! diese hübschen, diese verfluchten, diese ungewohnten, diese unpraktischen, diese französischen! diese Porzellandrehknöpfe statt der Türklinken in Deutschland. Und ich hab ja das Unglück auf mich gezogen: der schön lange Daumennagel ist abgebrochen, bis ins Fleisch. Dabei hatte der Flamenco-Gitarrist mir alles beigebracht, aber ohne diesen Panzer aus Cyanolit-Kleber und rosa Klopapier genügt eben eine ungeschickte Bewegung. Ehe der Nagel wieder die richtige Länge hat, ist die Zeit für Plattenaufnahmen vorbei – also werde ich diesen Herbst keine neue LP rausbringen können. Sowas nennt man im Westen: Vorbeiproduzieren am Markt. Wer kauft schon nach Weihnachten ne Langspielplatte!
Oder wollte ich es, heimlich vor mir selber, so haben? Kinderangst vor den rechten Linken? Oder Desinteresse an der sogenannten Menschheit? an mir? Verzagtheit nach der Lektion vom 13. Dezember? Ist es eine Form der Menschenverachtung, wenn ich an dem Putsch in Polen mehr leide als an den Massakern in San Salvador? Das bißchen Blut am abgebrochenen Nagel des Gitarristen spielt sich auf. Aber was wird mit den vielen neuen Liedern? Wenn sie noch ablagern, werden sie etwa reifer? vergammeln sie? werden sie politischer, wenn sie den tagespolitischen Markt verpaßt haben werden? was sind politische Lieder in der Schublade? politisch? Lieder? Die Schublade als Liedergefängnis – und mein entnagelter Daumen ist der leichtfertig, der mutwillig abgebrochene Schlüssel des Schließers. Ein Stückchen Menschenhorn, die Kralle, die wichtige Nichtigkeit spielt sich auf.

Das Sartre-Lied

Antanas Sutkus (UdSSR) aus dumont. foto 1

„Heute erscheint die Welt häßlich, schlecht und hoffnungslos. Das ist die stille Verzweiflung eines alten Mannes, der in ihr sterben wird. Doch dagegen wehre ich mich und ich weiß, daß ich in der Hoffnung sterben werde. Aber diese Hoffnung muß begründet werden. Wir müssen jetzt erklären, warum die heutige Welt - eine schreckliche - nur ein Augenblick ist in der langen historischen Entwicklung. Warum die Hoffnung immer eine der dominierenden Kräfte von Revolutionen und Aufständen war. Wie ich heute noch immer diese Hoffnungen als meine Vorstellungen von Zukunft empfinde."

J.P. Sartre, 1980

Das Sartre-Lied

Heute erscheint die Welt
häßlich
schlecht und hoffnungslos

Das ist die stille Verzweiflung
eines alten Mannes
der in ihr sterben wird

Doch dagegen wehre ich mich
und ich weiß
daß ich in der Hoffnung
sterben werde. Heute
erscheint die Welt häßlich

Jahrelang sang ich im Zimmer vor Freunden
ich will nicht das menschliche Maß verlieren
in den Mammut-Konzerten für
im Westen hab ich für mich klarer
die „kleine Form" entdeckt – das ist
kein Nebenbei! Kontrapunkt zu den
oft monströs großen Hallen.
Wenn die Säle genügend übervoll
sind, kann man sogar dort die
kleinsten u. leisesten Lieder singen.
Die Musik zu dem Sartre-Text –
wie ich ihn kurz vorm Tod sah: äußerste
Ökonomie eines Menschen, der keine
Kräfte mehr zum Vergeuden hat. Die
Menschheit kurz vor dem ~~Kp~~ Abklappen
tut wie umgekehrt, wir können
offenbar vor Kraft nicht stehen.

17.4.80

Die Spatzen am Wachtel-Hügel
der Butke; die Butte – la Butte aux Cailles
D
Die Spatzen am Butte aux
E
Cailles
die
Gm
machen dir ei-n Ge-
D
schrei
D
die tun so, als o-b der
E
Früh-ling
schon
Gm
längst ge-kom-men
F#m
sei
Sie
aus
Hm7
zer-ren aus Blumen-
einer zer-fetzten Per-
Cmj7
kästen
rücke
Fmj7
die
und
Schönheit vom letz-ten
von der Ma-traze den
F#m
Jahr
Rest
und
und
Hm7
flattern mit to-te-n
schleppen und schleppen und

Die Spatzen am Wachtel-Hügel

Die Spatzen vom Butte aux Cailles
Die machen dir ein Geschrei!
Die tun so, als ob der Frühling
Schon längst gekommen sei

Sie klaun aus den Blumenkästen
Die Schönheit vom letzten Jahr
Und flattern mit toten Ästen
Und zotteln sich rotes Haar
Aus einer zerfetzten Perücke
Und von der Matratze den Rest
Und schleppen und schleppen und flicken
Sich damit ihr Sommernest

Und ich, ich mach wie die Spatzen
Mit auch bißchen viel Geschrei
Und hab mein warmes Nest hier
Versteckt am Butte aux Cailles

Für T.

Mein Liebchen, du hast so lieb geweint
So vorwurfslos, so absichtsleer
Am Telefon. Da hab ich gemeint
Daß ich der glücklichste Dummkopf wär

4. Kapitel:
Gott in Poln

Doch wer »an Hand der Fakten« sich
entscheiden will, dem werden diese
Fakten ihre Hand nicht bieten.

Walter Benjamin

Ereignisse

Die Ereignisse in Polen – das ist hier der gängige Sprachgebrauch für die Konterrevolution des Generals Jaruzelski. Die Ereignisse haben sich ereignet, es hat sich ereignet und Genaueres erfährt man ja nicht. Die liberalen Bürger in der Bundesrepublik reden so, aber auch die vornehme Zurückhaltung so vieler linker Intellektueller erweist sich beim zweiten Hinsehn als brutale Einmischung auf seiten der Konterrevolution – von denen ist Hilfe nicht zu erwarten, weder Päckchen für Polen, noch Wahrheit über Polen. Aber wie sollen auch Leute helfen, die sich selbst nicht zu helfen wissen. Noch die kälteste Vernunft müßte sie bewahren vor so schändlichem Schweigen, sogar ein Herz ohne allen Verstand müßte ausreichen für eine menschliche Geste.

Aber vorher

Em7 Gm7 Cm7 Gm7
Aber vor-her
Cm7 Gm Dm7
an dem Ma-su-ri-schen See
E7 A
sah ich die Störche da
A7 Dm Am7 Dm
hoch über Fe-der wol-ken hin
Am7 Em7 F#7 F#7
se - - - - - geln glei - - - - - ßend im Auf-wind
F#7 F#7
lassen sich die ge- - - fie-der-ten Flie-ger hoch-
F#7
tra-gen ins Licht rit.
Da capo

Em7
Ah...
Em7 Em6
Polen, in Polen gibts
Em-6
Po-len und Po-len
Em
Em7 Em6 Em-6 Em
Bauern und Prie-ster, Pro-le-ten und Bon-zen
Em Am D
und wie-der mal auf und hei-lig die letz-te
G
Schlacht
H H-9 H
1. Em Em7
1. Staunen, Ge-rau-ne im
2. Husten
3. Hoffen
4. und...
Em6 Em-6
Os-ten im Wes-ten
2. Em Em7
Laß man! ja
C7 H7
laß!
Em Cmj7
Bes-ser mit Gott im Her-zen
Em Am F# 7 H4 3 Em Am
besser mit der Schwarzen Ma-don-na Revolution ge-

-macht
Em
als mit Marx im
Am
Arsch und zum Hohn
F# 7
H4 3
die
Kon-ter-re-vo-lu-tion
C/E
Ah——
Am7
D7
Gmj7
C/E
Ah——
Am7
Gmj7
Em7
A-ber vor-her
Hm7
Em7
an dem Ma-
Hm
su-ri-schen
F#m7
See
G#7
sah
ich die Stör-che
si-ch den Au-gen ent-
win-den

Aber vorher

aber vorher
an dem masurischen See
sah ich die Störche da
hoch über Federwolken hinsegeln
unter der Sonne
    kreisend im Aufwind
        lassen sich die
            gefiederten Flieger
                hochtragen ins Licht

gleißend ins Licht
bis sich die Vögel da
oben so selig und ganz
mit den Strahlen
finden
bis sie ins
    Körperlose
        umflutet
            sich den Augen
                entwinden

Polen. In Polen gibts Polen und Polen
Bauern und Priester, Proleten und Bonzen
Und wieder mal: Auf!
                    und heilig!
                        zur letzten Schlacht
Staunen, Geraune im Osten, im Westen
Husten und Haß, und rundrum das große
Zittern und Hoffen und Wittern und
Gaffen – und jeder gibt seinem Affen
Und wieder mal: Auf!
                    und heilig!
                        zur letzten Schlacht

Laß man! ja, laß!
Besser mit Gott im Herzen
Besser mit der Schwarzen Madonna
Revolution gemacht
Als mit Marx im Arsch und zum Hohn
– die Konterrevolution

aber vorher
an dem masurischen See
sah ich
  die Störche
    sich den Augen
      entwinden

Gott in Poln, dreimal

1. Im harmlosen Anfang der polnischen Revolution, das war August 80, als in Danzig die ersten Streiks zu dem erwarteten Erfolg geführt hatten, drängte das Oberhaupt der Katholiken die Streikenden, den Streik nun aber zu beenden. Die gläubigen Arbeiter haben, wie man weiß, nicht hören wollen. Und so antworteten die Schafe ihrem verirrten Hirten: Wir würden schon wollen, aber die Schwarze Madonna streikt auch, und sie will nicht, daß wir den Streik abbrechen für ein paar Zloty. So lernten die Männer von der Jungfrau, so stand die Heilige den Proleten bei. So wölfisch bellten die Schafe.

2. Im Mai 1981 kam ein linker Intellektueller auf eine Tagung der Transportarbeiter in Schlesien. Überall, wo an den Wänden Bilder von Lenin und von Marx gehangen hatten, war nun der staubumrandete helle Fleck zu sehn. Anstelle der Bilder hingen Kreuze da, eilig zusammengenagelte Holzleisten. Zwei geschlagene Stunden hörten sich die Arbeiter den Linken geduldig an. Er erklärte ihnen, daß Lenin in diesem Kampf auf ihrer Seite stehen würde, für die Arbeiterselbstverwaltung, gegen das Bonzenwesen, er erzählte den Transportarbeitern, daß Marx für die Pressefreiheit und gegen jegliche Zensur gekämpft habe, und er behauptete, daß Marx, lebte er heut noch, Chefredakteur einer Solidarnoṡċ-Zeitung wäre. Gut, sagten die Arbeiter und hängten die Bilder wieder auf, aber die Kreuze ließen sie hängen. Dann berieten sie über wichtige Dinge.

3. Im Dezember 81, unmittelbar nach dem Putsch, waren die Westmedien heiß dran an einem polnischen Count-Down in Kattowitz. In einer Kohlengrube, tief unter Tage, hatten sich eineinhalb tausend Arbeiter verbarrikadiert, ein Protest gegen die Militärdiktatur. Die neue Regierung ließ nun katholische Priester zu den Arbeitern herunter, die auf die Verzweifeltentschlossenen einpredigten: Gebt auf! Kommt rauf! Die Arbeiter beharrten aber und baten diese Priester, am nächsten Tag wieder unter Tage zu kommen, um allen die heiligen Sakramente zum Sterben zu geben. Aber die Gottesknechte fuhren auf und ließen sich da unten nie wie-

der sehn. Als die Arbeiter später, betäubt durch ein in den Schacht geblasenes Nervengas, nach oben transportiert worden waren, wurden sie, aus der Bewußtlosigkeit erwacht, jeder einzeln aufgefordert, wieder zur Arbeit in den Schacht einzufahren. Die Wenigen, die sich weigerten, wurden auf der Stelle erschossen, ein Soldat, der sich weigerte zu schießen, wurde auch erschossen von Seinesgleichen und wurde mit Seinesgleichen, wie Brecht sagen würde, von Seinesgleichen verscharrt. Auf ewig unbelehrbar. So oder anders war es. Oder es war woanders so. Die Gerüchte kochen, die Legenden blühn. In der Finsternis feixen die Dämonen. Unter der großen bleiernen Decke wuchern die Greuel. Weniges sickert durch und all die traurigen Wahrheiten stinken nach Lüge. Die Berichte von den Verbrechen der Herrschenden erweisen sich in der Regel als falsch: sie erweisen sich sehr bald als furchtbar untertrieben.

Kinderlied

Die Mutter Erde geht schwanger
Und sieht ja so elend aus
Das Balg, es bewegt sich gar nicht
Und kommt aus dem Bauch nicht raus

Sie hat schon ein' Haufen Kinder
Und freut sich aufs neue Kind
Und lächelt und denkt an die Väter
Die längst schon gestorben sind

Sie hat auch schon ein' Namen
Fürs neue Kindelein
Der Name für dieses neue
Soll KOMMUNISMUS sein

Sie sagt: Meine Kinder, ich lieb sie
Und doch warn sie alle so schlecht!
Jetzt endlich krieg ich ein Kindchen
Schön – lieb – klug und gerecht

Mein Bauch ist so riesig, ich glaube
Da kommt bald ein Riese raus!
Doch rührt er sich nicht und kommt nicht
Ich halt oft den Schmerz nicht mehr aus

– ach Mutter Erde, du Arme!
Hör zu, ich bin Spezialist
Für schwere Geburten und seh ja
Wie elend dein Zustand ist

Dein Kind ist längst übertragen
Und du siehst aus wie das Grab
Und unter deinem Herzen
da fault eine Hoffnung ab

Das Kind ist verdorben gestorben
Was dir unterm Herzen ruht
Das stinkt vor sich hin und vergiftet
Dir mörderisch das Blut

Es ist zum Heulen, zum Lachen
Zum Haareausraufen, zum Schrein
Du trägst unter deinem Herzen
Ein Riesenkadaverlein

Hör auf mit dem Eiapopeia!
Hör auf und finde dich ab!
Wir werden den Riesen begraben
In einem Riesengrab

Und wenn du dich erst erholt hast
Versuchst du es eben nochmal
Und Väter für neue Kinder
Die findest du allemal!

Und wird es auch kein Riese
Und wird wie die anderen sind
So wird es doch 'ne Hoffnung
Wie jedes Erdenkind.

Karl Marx und die Schwarze Madonna

Chemisch reine Politik? – in der Retorte, im Hinterzimmer, im Seminar, in der Kneipe eine Kleinigkeit! Aber in den wirklichen Kämpfen kann man sich die Verbündeten so wenig aussuchen wie die Feinde. In Polen die Kommunisten, die sich dort so nennen, stehen auf seiten der Konterrevolution. Wen wundert es, wenn die revolutionären Arbeiter dick befreundet sind mit dem lieben Gott der Katholiken, verbündet mit der Schwarzen Madonna von Tschenstochau, verkuppelt mit der Kirchenobrigkeit, verliebt in den Polen auf Petri Stuhl. Wen wunderts? die beleidigten Linken in der Retorte, im Hinterzimmer, im Seminar, in der Kneipe. Der Arbeiterführer Wałęsa mit gefalteten Arbeiterhänden – für viele westeuropäische Oberchemiker ein Ekelsud. Sie schütteln sich und kneifen die Augen zu und freun sich nicht über die erste klassische Arbeiterrevolution seit Erfindung der Lehre von der klassischen Arbeiterrevolution. Es verwirrt diese Zuschauer in der westlichen Loge die unblutige Ironie unserer blutigen Geschichte: auf der Barrikade zeigen die Helden sich in den Kostümen des christlichen Glaubens und der nationalen Befreiung. Und kein einziger politischer Mord – nach all den mörderischen Zeiten! Der Pfaffe im aufreizenden Ornat mitten unter den streikenden Werftarbeitern, die Proleten hinter dem Fabriktor verbarrikadiert auf Knien, voller Hochmut gegen die Herrschenden, voller Demut gegen Gott – in den Augen so vieler westlicher Berufsrevolutionäre ohne Beruf und ohne Revolution sind diese Fernsehbilder ein Greuel. Aber wenn in Lateinamerika endlich endlich ein Priester sich auf die Seite des kämpfenden Volkes stellte, vergaßen die gestrengen Kritiker ihre gestrengen Dummheiten.

Der 13. Dezember

sechs Ta-ge Ar-beit
sechs Ta-ge Streik
sechs Ta-ge Krieg der
Klassen
am sieb-ten Ta-ge
ruht Gott sich aus
jetzt kommt die gro-ße
und kommt das kal-te
Schweige-zeit
Has-sen
Jetzt kommt zum
Hun-ger hilf-lo-se
Wut
Schuld war der
Schnee nein Schuld war die
Macht, nein Schuld war das
schuldlose Blut
rit.

Der 13. Dezember

Es war der Schnee, der Schnee, der Schnee
In dieser Nacht fiel Schnee, General
daß einer den anderen töte
Im Neuschnee blüht das Blut so schön
in seiner lebendigen Röte

Wir hättens wissen müssen
In dieser Nacht fiel Schnee, General
Jaruzelski, mit all deiner List
Jetzt schreit der Schnee die Wahrheit aus
daß du ja der Bluthund bist

Sechs Tage Arbeit
Sechs Tage Streik
Sechs Tage Krieg der Klassen
Am siebten Tage
Ruht Gott sich aus
Jetzt kommt die dunkle Schweigezeit
Und kommt das kalte Hassen
Jetzt kommt zum Hunger
Hilflose Wut
Schuld war
der Schnee, nein
Schuld war
die Nacht, nein
Schuld war
das schuldlose Blut

Und Gott schlief tief in' Sonntag rein
In dieser Nacht fiel Schnee, General
die Reißzähne starren im Rachen
Du machst für die Russen die Dreckarbeit
und mußt nun den Bluthund machen

Vom kleineren Übel

Angesichts sehr viel größerer Übel ist das böse Wort vom »kleineren Übel« schon ein schäbiger Ehrenname geworden. Die SPD in Deutschland lebt davon. Das Putschregime in Polen nun, bei dem verständlichen Versuch, sich zu rechtfertigen, sagt von sich selbst mit schäbigem Charme, es sei auch so ein Kleineres Übel. Das neue Regime in Polen verteidigt seinen Putsch auch als eine Friedenstat, es habe, sagt es von sich selbst, Schlimmeres verhütet, nämlich einen Bürgerkrieg. Bei diesem Wort stellt man sich Bürger vor, ein Teil der Bevölkerung gegen den anderen, das Volk gespalten, sogar die Oberen je nach Interessenlage auf beide Seiten verteilt. Solch ein klassischer Bürgerkrieg war in Polen undenkbar und mußte also auch von niemandem verhindert werden. Statt dessen hat Jaruzelski mit seinem Klüngel einen Bürgerkrieg vom Zaune gebrochen, der eben eigentlich kein Bürgerkrieg ist, denn das Volk steht geschlossen gegen die Militär- und Polizei- und Spitzelmaschinerie. Ein inszeniertes Theaterstück – aber mit echtem Blut. Jaruzelski hat diesen künstlichen Bürgerkrieg inszeniert, damit nicht die ganze alte Bonzen- und Militärkaste zusammen mit dem gescheiterten Gierek in den Konkurs stürzen muß. Und der General hat sein eigenes Land überfallen, um einem Krieg der Sowjetunion gegen das aufsässige Polen zuvorzukommen. Laßt das Messer stecken – wir können uns selbst den Schwanz abschneiden! Insofern mögen zynische Witzbolde den General Jaruzelski ein Kleineres Übel nennen und sogar einen Friedensretter. Er hat mit seinem Sieg über das eigene Volk den Soldaten der sowjetischen Armee die Leiden eines Einmarsches erspart und den Führern der Sowjetunion den Herzinfarkt. Wer sich in schlechten Verhältnissen gemütlich eingerichtet hat, für den ist das Kleinere Übel wirklich das kleinere Übel. Für den aber, der alle Verhältnisse umstürzen will, in denen der Mensch ein geknechtetes Wesen ist, erscheint das Kleinere Übel als das allergrößte. Ich neige besonders zu beiden Haltungen.

Adam Zagajewski

Friede auf Erden und Krieg in Polen und
Erde ins Maul und den Menschen im goldenen
Westen ein Wohlgefallen vom Supermarkt
preiswert die Weihnachtsgans und alle Jahre
wieder die abgefressenen Knöchlein im Müll
Ich weiß nicht und kann ja nicht wissen: Wo
Adam jetzt ist, Zagajewski, der stille, der
Dichter, ich weiß ja nur seine Verse: sacht
über-sachte brechen die Worte ein mit dem
Vorschlag-Hammer der leisen Vorschläge
zaghafte Anklopferei mit vernünftigen Gründen
Einer von diesen Gedichteschreibern, ja ja
nichts als Lyrik: Gestotter im Schweigen
einer von diesen überheftigen Untertreibern:
Adam Zagajewski
Von den zehn oder zwanzig red ich schon nicht
nicht von den dreißig-vierzig-fünfzig-sechzig
nicht von den siebzigtausend Verfolgten, ich red
nicht von Kuron und nicht von Adam Michnik, jetzt
nicht, von denen zumindest hört man: sie werden
gefoltert – sie leben also noch bis zur nächsten
Tagesschau. Ich erlaube mir, ich mute euch zu
diese monströse Untertreibung, ich rede von dem
einen Adam Zagajewski. Zu groß mein Zorn, ach für
ganz Polen reicht er nicht aus. Was Polen ist, wie
soll ich das wissen, ich weiß viel zu viel von Polen
ich weiß nicht und kann nicht wissen, ich weiß nur
diesen einen Namen eines einzigen Menschen, der
verschollen ist, seit diesem verfluchten Sonntag:
Adam Zagajewski, Zagajewski, Adam, ein schlecht
ernährtes Stück Mensch, Alter: Sechsunddreißig
Größe: Einsfünfundsiebzig, Besondere Kennzeichen:
immer auf dem Sprung, ungemütlich im Sessel, so
saß bei mir auf der Durchreise in Hamburg dieser
Adam Zagajewski
Weiß ich! wie soll ich denn wissen, ob der noch
atmet, auf dem Bildschirm seh ich nur immer den
kleinen dreckigen Putsch-General, mit seiner
Sonnenbrille in dieser stockfinstren Weihnacht

Friedhofsfriede auf Erden, wo die Menschen wohl
fallen. Still ruhn die Tiefgefrorenen, still in
den Kühltruhen, Preisschlager für uns Menschen-
Fresser. Wo aber, unter all den Kadavern, wo
find ich nun meinen Freund Adam Zagajewski
wo gelagert in einem der neueröffneten Lager
frisch abgepackt im Keller einer Kaserne oder
fault er als Menschenabfall und eingepfercht
mit anderen Gleichen ach, in einer Einzelzelle
wird er schon auf dem Schwarzmarkt gehandelt
von Freunden versteckt im Dachstuhl oder im
Beichtstuhl verraten verkauft von Gott, der
alles sieht, an die Häscher des Generals, die
nicht alles sehn unterm Stahlhelm unterm Hut
die Fänger im Rausch der Massenverhaftungen
die Trottel im Schlendrian mit ihren Schwarzen
Listen – am Ende haben die Adam vergessen!
In seinem Zimmer in Krakau sitzt da und sitzt
Zagajewski die Tage und wartet und lauscht
auf den Stiefel, der endlich die Tür eintritt
harrt aus, schmerzenskalt, all die Nächte, stets
angekleidet auf seinem Bett und zergrübelt
sich das Herz unter dem schütteren Haar: Ach!
Warum bloß! Warum nicht mich! Was hab ich groß
verbrochen, warum werd grad ich verschont!
Ich weiß es ja nicht
    und weiß nichts. Nichts mehr
        und will nicht. Nicht wissen
            wohin ich noch lebe.

Glanznummer

Ein wütender Konterrevolutionär zu sein – in einem Lande ohne Revolution zum Kontern. Dieses sehr deutsche Kunststück ist die Glanznummer des Herrn G. in Hamburg. Dieser junge aufstrebende belastbare dynamische zukunftssichere kreative kontaktfreudige Presse-Zar im linken Pißpott der Bundesrepublik schweigt zu Polen nicht so feige wie die meisten seiner Leser. Nach dem Putsch log der SPIEGEL auf seinem Titelblatt: »Militär soll Polen retten«. Der STERN quasselte die Headline: »Polen: Aus der Traum«. Aber der Herr G. ließ sein Magazin KONKRET mit dieser Schlagzeile in den Pißpott pissen: »Polen – instandbesetzt?« Instandbesetzen – das witzige Wort für eine gute Sache wird zweckentfremdet als zynisches Wort zugunsten einer schlechten Sache. Die Bullen in Polen als Instandbesetzer gefeiert, während die eigentlichen Worteigentümer in Westberlin und in Göttingen sich mit den Bullen blutig prügeln müssen.

Idylle

Über Nacht und ohne Kriegserklärung
war das Land okkupiert vom Schnee
Schnee über Frankreich, wehrlos
dem Einbruch der Kälte offen, kein
Wollhemd, kein Wintermantel, der Frost
beißt Paris in die Waden, Ecke
Boulevard Blanqui und Glacière
liegt was, ein Häufchen Elend liegt
auf dem Rost über dem Luftschacht
der Metro, Wärme von unten hoch
von oben wirbeln die Flocken die
schneeweiße Decke aus Schnee hat sich
gebreitet über das Menschenbündel
So grüßt der Schnee aus Polen, Gruß
von den vielen zehntausend Proleten
stacheldrahtumgürtet auf offenem Feld
bekleidet mit den Klamotten, die sie
gerade trugen bei der Verhaftung
aus dem Schlaf gezerrt oder geprügelt
aus einem Gewerkschaftsbüro oder
aus den Fabrikhallen gefegt mit
Maschinengewehren oder mit Giftgas
aus den Schächten ihrer Bergwerke
vertrieben, in Verhören gefoltert
Ach, Winter, verfluchter Hund! auf
wessen Seite stehst du diesesmal?

Vergleichen!

Das kann man doch nicht vergleichen! sagen die Leute, wenn sie wohl eigentlich meinen, man könne es nicht gleichsetzen.
So war das: die verrottete Staatsmacht geriet tödlich in die Klemme, sie geriet in einen Zweifrontenkrieg, in einen Krieg gegen den äußeren Feind und in einen gegen den inneren. Eingekeilt sah sich die Staatsmacht zwischen der waffenstarrenden Großmacht im Osten – und dem eigenen Volk, das aufsässig geworden war, rebellisch bis an den Rand der Revolution: es schrie nicht etwa nach Freiheiten, es schrie schon nach Freiheit. Also, in ihrer Not, verbündeten sich die Herrschenden mit dem äußeren Feind, und so gelang es ihnen, den inneren Feind fertig zu machen. Natürlich floß Blut in Bächen, natürlich Tränen, natürlich überfraßen die Gefängnisse sich am frechgewordenen Menschenfleisch. Hier ist von Frankreich die Rede, das historische Stück spielt 1871, zur Zeit der Pariser Commune. Ja, und Polen? Was nicht gleich ist, soll aber verglichen werden! General Jaruzelski im Schloß von Versailles.

Schuften

muß ich im Schlaf meine Liebe schuften
ach ohne dich wo du jetzt bist hat mir
geträumt und daß es ein Traum war wußte
ich schwarz im Traum und wußte auch nicht
in Polen träumte ich mich nein nicht in
Poln mir träumte ich sei im Panoptikum
Polenabteilung lebensecht all die Figurn
aus Wachs nein echte Menschen kunstvoll
geschminkt im Traum da sollte ich denken
sie seien aus Wachs Wałęsa Lech am Kreuz
wo dem Gottessohn sonst der Speer in die
Seite gestochen ward war des Arbeiters
Leib durchsiebt von den Kugeln der MP
und er lachte und biß am Pfeifenstumpf
und schwarz lief das Blut aus schuften
muß ich im Schlaf wisch weg! mach weg!
auf einer Pritsche unter dem Kreuz lag
Marx und das Blut schlug Blasen im Licht
tropfte dem Alten penetrant allegorisch
auf Stirn und Bart und auf der Kante saß
Rosa die kleine Polin massiert dem Alten
die geschwollenen Gelenke ja Handschellen
trug auch sie wie Schmuck ihre schmalen
Hände bewegten sich leicht im Eisen sie
hätte die Fesseln leicht abstreifen solln
mach weg! mach ab! schuften im Schlaf ach
grübeln im Schlaf mach! und so dachte ich
sie tuts nicht weil alles schwarz ist im
Traum wie ich wohl weiß Antonio Gramsci
Panzerketten hatten ihr Waffelmuster ihm
in den schmächtigen Leib gestanzt feine
Mantelfetzen garniert mit Gedärm doch
unversehrt sein schönes Gesicht Kopf wie
frisch aufgesetzt laß den Kopf heil! die
randlose Brille! und Präsident Reagan
kniet nieder und betet an in der Gaskammer
keuchte ich zwischen verkrallten Bündeln
zerrte meinen Vater ins Leben der schlug
wie Streicheln mit magerer Faust sanft

mir die Lippe und lallte Hör auf du!
Hör auf mit Poln! laß nach! siehst du
vor lauter Poln nicht die Genossen da!
die Zerstückelten in San Salvador da! die
Gefolterten in der Türkei da! mach weg!
das sind doch unsre! aber Polen laß weg!
das sind doch unsre das ist was andres!
schlimm schlimm aber halb so schlimm laß
nach! das wird schon wieder! die freun
sich wenn du über uns das Schlimme so
raus läßt und machen selber weiter! dann
geriet der Traum mir ins Traumhafte das
blutige Bild wurde mir ausgetrampelt wie
Rasen von sechshunderttausend Füßen exakt
nachgezählt im Träumen zwei mal drei
hunderttausend Füße die sachte das Gras
niedertraten immer zwei und zwei mit
gleichem Schuhwerk Frieden! Frieden! ach
schuften muß ich im Schlaf meine Liebe

Kleine pathetische Rede

Weißt du noch, wie schön das war, Genosse? Du saßest in der ersten Reihe, trotz der Scheinwerfer konnte ich Dein Gesicht gut sehn. Wie ich es immer mache, meine Augen wandern beim Singen von Gesicht zu Gesicht. Gütekontrolle, Gedankenradar, Gefühlsprüferei. Du zahltest 10 Mark für die vier Stunden, wie die andern (macht 2 Mark 50 die Stunde). Ach, weißt Du noch, wie preiswert ich Dich nach Santiago de Chile zerrte, wie wir auf dem Straßenpflaster uns hinknieten und leckten das wohlfeile Blut auf, die Lache vom Kameramann und wie die Gitarre aufschrie, so preiswert für dich, so einträglich für mich. Da verstanden wir uns, wie wir uns die Lippen leckten, als ich auf der tiefen E-Saite die Schüsse abfeuerte mit brutaler Empfindsamkeit. Jetzt aber das polnische Blut, wem schmeckt das? auf Spanisch hat der Faschismus uns noch was gegeben. Und nun dieses stillhingleitende Lied vom Schnee, vom Blut, vom Putsch in Polen. Und nebenher, sehr nebenbei das Eigene, der Job, die Kinder, die Benzinpreise. Höre nicht weg, wende Dich nicht ab, Genosse, von uns beiden.

Die Armut

in Polen, das weiß man, ist groß. Größer ist die Armut in der Sowjetunion, und das weiß man nicht. Nun rollen von Ost und von West die Brötchen nach Polen, Brosamen vom leeren Tisch, Brosamen vom vollen Tisch. Schon vor dem Putsch beneideten die Menschen im Lande Lenins die frechen Polen um ihren kleineren Hunger, jetzt beneiden sie sie um ihre Kühnheit auch. In der dritten und in der vierten Welt verhungern, verdursten und siechen dahin ganze Völker. Das arme Polen, die ärmere Sowjetunion, auch sie gehören zu den reichen Ländern dieser Erde, das weiß man. Weiß man das?

Fleisch

Fleisch? und ob! und nirgend kauft man
Fleisch so gut wie hier am Sonntag
Morgen in der Rue Mouffetard
Fleisch! schrein da die Fleischerläden
einer wilder als der andre: Fleisch!
Rinderzungen! Lämmerkeulen! Fleisch!
Schweinekopf! Schmalz! Entenbrüstchen!
abgeknallte wilde Hasen! zahme fette
Stallkarnickel! aufgehängt an
Hinterläufen ganze Rehe! abgestochen
aufgebrochen Wildschwein! Steaks
de la bavette! Steaks de l'arrignée
aufgebahrt in Reih und Glied die
nackten Wachteln! falsches Rumpsteak
schreit nach Käufern – Fleisch! blut-
rot unterm schnellen scharfen Messer
Metzger mit geübten Griffen, sie zer-
legen Tier um Tier vor meinen Augen
und vor meinen Augen schreit die
Zeitung schwarz auf weiß das Fleisch aus
Menschenfleisch! kauft! Menschen
Fleisch aus Polen! frisches Hackfleisch
Schwarz auf weiß die abgebrühten
Mörderfressen, Menschenschlächter
und wie schicksals-schwanger starren
leere Augen ohne Schatten ohne
Trauer, seht, die sind mit sich im
Reinen: prompt und wie erwartet
gibts nach diesem Putsch in Polen
Fleisch. Überreichlich Fleisch in
Polen. Folterkeller vollgefressen
satt vom Fleisch die frischen Gräber
und der Staat schlägt sich die Wampe
voll, die Ministerien rülpsen
die Gefängnisse gewaltig
stoßen auf! Ganz Polen hat jetzt
Fleisch! ein vorbildlich geführter
Fleischerladen. In den Lagern
neuerrichtet lagert Fleisch bei

Minusgraden, meine Liebe, meine Zarte
laß die Augen auf, sieh hin!
wie der Metzger mit wenigen Schlägen
das Wildschwein aufbricht und wie
das alles zusammengeht, ach du, und
wer es versteht, begreift es auch
nicht.

Von den besseren schlechten Zeiten

Als nun mit seiner spanischen Sonnenbrille der polnische General über Nacht diesen glänzenden Sieg über sein Volk errungen hatte, da verlas er im Fernsehen eine Rede, die immerhin eine wichtige Wahrheit enthielt. Wir werden, sagte der General, zu den Zeiten der Korruption, Willkür und Mißwirtschaft meiner Vorgänger nicht zurückkehren. Drei Monate der Ruhe und Ordnung in Polen beweisen es unter dem Stiefel: Dieser General hält sein Wort: So gut wie in der schlechten Zeit vorher wird es so bald nicht sein.

Ach, die Zuschauer sehen wenig

Auf die Frage, ob er zu Verhandlungen mit dem Putschgeneral bereit sei, soll der eingesperrte Arbeiter Lech Wałesa geantwortet haben: Ja, aber nur dann, wenn Jaruzelski auf allen vieren bei mir angekrochen kommt. Manchem Zuschauer im Westen erscheint diese Antwort als die Kraftmeierei eines Verzweifelten.

Totgeburt

und unter dem Herzen
das immer wieder gesund gebetete
Hackfleisch

immer noch unter dem Herzen
fault mir das Kind ohne Kopf
fault mir der Kommunismus, trüb
in der Fruchtblase schwimmt mir
kerngesund der Kadaver im Geiste
Dreck schwimmt im Haß und Blut
tränkt die Lüge und Dummheit
klopft fröhlich im Eiter, ach
so viele Gläubigkeiten im Elend
ersoffen der Heuchelei, auf den
Lippen die Revolution wie Aussatz
das Paradies auf Erden verwest
unter dem Herzen herumgetragen
schlaflose Jahre lang und immer noch
groß in der Pose einhergeschritten
der schönen Schwangeren, aber
unter dem Umstandskleid fault
und stinkt mir das menschliche
das immer wieder gesund gebetete
Hackfleisch

still wachsen die Wachtürme
still wuchert der Stacheldraht
in ihn geflochten, wie Blumen,
die Menschen. Von weitem
– nicht wahr? – von weitem
ein Bild, ja, der Verzweiflung

Hoffnung

Hoffnungslosigkeit ist Mode. Nicht die verzweifelte Hoffnungslosigkeit, in der ja immer noch Hoffnung brennt, nämlich in der radikalen Verzweiflung. Heute grassiert die gemütliche, die grinsende Hoffnungslosigkeit. Und sie schmückt sich mit der Nietzsche-Pose: Es gibt nicht gut noch böse, alles was ist und war und wird, alles ist eben: Naturprozeß: Menschheit ohne Menschen. Dagegen:

»Und wie träge verrinnt das Leben, die Hoffnung
Die Hoffnung – wie überheftig noch immer!«

Geständnis

immer noch und übergeduldig
baue ich auf die Gewalt, ja
hoffnungsblind hoffe ich
auf die sanfte Gewalt der
Vernunft. Und immer auch
noch hoffe ich auf die rohe
Gewalt der Ausgebeuteten, der
Gedemütigten, ja, ich hoffe
auf deren unvernünftige Gewalt
gegen ihre sehr vernünftigen
Unterdrücker. Ach aber
dieses letzte verfluchte Jahr
hat mich alt gemacht, zu
alt und zu ungeduldig, zu
müde bin ich geworden, zu
stolz, schmerzenskalt sehe
ich mich erstarren, starren
auf die schwarze Lederkluft
auf die hakenkreuzlichen Kreuze
am Ärmel, nachgemachte Knobel-
Becher, HJ-gescheiteltes Haar
der blutjunge Faschist neben
mir im Wortgefecht, dem ich
weder Rede noch Antwort stehe
wenn er mir kommt mit seiner
Auschwitzlüge, und müde auch
bin ich geworden an meinen
Linken, gegen die ich schweige
wenn sie wie die Faschisten
reden, wenn sie plappern von
Polen, wenn sie im Sandkasten
Klassenkämpfe nachspielen und
Völker verschieben in die Grube
Schwarz wird Rot und Rot Schwarz
Revolution und Konterrevolution
tauschen die Kostüme, eins
als das andere, vorne ist da
hinten, oben unten, falsch ist
richtig, Zucker in' Arsch!

und Sand ins Gehirn! und der
kleine dreckige Putschgeneral
rettet den Frieden, den der
Krieg braucht, solchen Frieden.

Ja, zu alt bin ich geworden
dieses letzte Jahr und zu stolz
– müd von alledem und trotzalledem
immer noch und übergeduldig
baue ich auf die Gewalt:
Hoffnungsblind hoffe ich
auf die sanfte Gewalt
der Vernunft.

Brief im Freßpaket

Liebes Polenkind ich bin Claudia aus der Klasse 3 a ich bin ein Junger Pionier in Leipzig unt schigge dir ein Funt Zugger unt ein Funt Mel zur Belonung weil ihr nich meer die böse Konterevoluzon macht. Unt eine Puppe von mir

deine Claudia

Aus der Traum –
Das halt ich gut
aus und das macht mich nicht dumm und das macht mich nicht krank und das bringt mich nicht
der Putsch in Polen nenne du den Putsch nicht Putsch, sondern
Putsch oder Quitsch oder Quatsch und küsse den Stie-fel der dich nicht
tritt
rit
doppeltes Tempo
Mar-schie-re du im
Geis-te mit, nimm voll den Mund schlag' ro-ten Schaum ver-
schone mich nur du Schweine-hund und quassel nicht

Aus der Traum

Das halt ich gut aus
und das macht mich nicht dumm
und das macht mich nicht krank
und das bringt mich nicht um
Der Putsch in Polen
– nenne Du den Putsch
Nicht Putsch, sondern Patsch

Oder Quitsch oder Quatsch
Und küsse den Stiefel
Der Dich nicht tritt

Marschiere Du
im Geiste mit
nimm voll den Mund
schlag schwarzen Schaum
– verschone mich nur
Du Schweinehund
und quassel nicht:
Aus der Traum!

Verhöhne die Opfer
auf drollige Tour
den Hunger nenn' ruhig
'ne Entfettungskur
Und sag nicht »KZ«
Sag Vorbeugehaft
Und sage nicht Blut
Sag Kirschensaft
Und küsse den Stiefel
Der Dich nicht tritt

Marschiere ruhig
im Geiste mit
Nimm voll den Mund
schlag roten Schaum
– verschone mich nur
Du Schweinehund
und quassel nicht:
Aus der Traum!

Dieser Traum ist ja alt
wie die Menschheit jung
und wird auch noch halten
wenn wir nicht mehr halten
Nie wird dieser Traum
je fade noch schal
schon gar nicht
in schlimmsten Nöten

Und es reicht nicht so'n
kleiner Dreck-General
um solch einen Traum
zu töten
Und wenn nach dem Chaos
das uns blüht
in Ost und in West
nichts mehr übrigbleibt
Als die Herrschenden
hüben und drüben
– auch dann ist der Traum
nicht ausgeträumt
Und wie sie's auch drehn:
In ihren Kindern
wird dieser Traum
gegen sie auferstehn.

Inhalt

Die Texte dieses Buches entstanden 1980 bis 1982

WOLF BIERMANN
Seine neue LP/MC:
"Wir müssen vor Hoffnung verrückt sein"
EMI ELECTROLA
Musikant
ZUM MUT UND MIT-MACHEN